CRI'R DYLLUAN

CRI'R DYLLUAN

(Nofel am helyntion 'Beca')

T. Llew Jones

Gomer

Argraffiad Cyntaf – Mehefin 1974
Adargraffiadau – 1974, 1975, 1988
Argraffiad Newydd – Ionawr 2005

ISBN 1 84323 519 6

ⓗ T. Llew Jones

Mae T. Llew Jones wedi datgan ei hawl dan
Ddeddf Hawlfraint, Dyluniadau a Phatentau 1988
i gael ei gydnabod fel awdur y llyfr hwn.

Dymuna'r cyhoeddwyr gydnabod cymorth
Adrannau Cyngor Llyfrau Cymru.

Argraffwyd gan
Wasg Gomer, Llandysul, Ceredigion SA44 4JL

Pennod 1

Roedd hi'n dechrau glawio'n dawel ac yn tywyllu'n gyflym. Teithiai ceffyl trwm a chart ar hyd y ffordd arw oedd yn arwain i gyfeiriad tollborth y Pentre. Y "Pentre" oedd Llangoed yn sir Benfro.

Yn y cart eisteddai Tomos Brynglas a'i wraig. Yr oedd y ddau wedi blino ar ôl treulio oriau lawer ym marchnad Caerfyrddin yn ceisio gwerthu eu menyn, eu caws a'u hwyau. Yr oedden nhw wedi cychwyn o gartre ymhell cyn i'r wawr dorri er mwyn cyrraedd y farchnad yn gynnar, ac yn awr roedd y ddau'n dyheu am gyrraedd adre cyn i'r nos eu dal.

Dyn mawr, canol oed oedd Tomos Brynglas, un llydan ei ysgwyddau, a chanddo ddwylo fel dwy raw. Ni allai byth wadu ei alwedigaeth – ffermwr oedd e – o'i gorun i'w sawdl. Y foment honno roedd e mewn tymer ddrwg iawn.

Eisteddai Sara ei wraig ar ganol yr hen gart, yn ei phlyg â'i dwy benglin o dan ei gên, ac fe deimlai hithau hefyd yn flin ac yn anhapus.

'Sara!' meddai Tomos. Roedd ei lais yn gryglyd, gras.

'Gobeithio nad yw e ddim yn dechre yn yr annwyd,' meddyliodd Sara wrthi'i hun.

'Wyddoch chi,' meddai Tomos wedyn, 'ar ôl talu am fynd trwy'r holl dollbyrth, faint sy' gyda ni ar ôl o'r arian gawson ni yn y farchnad yng Nghaerfyrddin? Wyddoch chi faint, Sara?'

Nid atebodd ei wraig. Yn wir ni chymerodd unrhyw sylw ei bod wedi ei glywed.

'Pedwar swllt! Ar ôl slafo am yn agos i bythefnos i neud y caws a'r menyn . . .'

Fe geisiodd Sara beidio â gwrando arno. Fe deimlai ryw flinder mawr yn cydio ynddi wrth feddwl am yr holl waith roedd hi ac yntau wedi ei wneud i ennill . . . *pedwar swllt*! Meddyliai hefyd am yr holl waith oedd yn eu haros ar ôl mynd adre, i geisio cael digon o fwyd iddyn nhw a'u plant.

Bwyd oedd yr unig ofid y dyddiau hynny – a'r rhent wrth gwrs. Gynt roedd hi wedi bod yn gofidio ble roedd un o'r plant yn mynd i gael dillad newydd, neu sut y gallai hi fforddio cael het neu siôl iddi hi ei hun. Ond roedd hynny yn yr amser pell yn ôl, cyn iddyn nhw fynd mor llwm â llygod a chyn i'r amserau caled ddisgyn arnyn nhw. Yn awr doedd dim eisiau gofidio am brynu dillad neu offer ffarm – roedd pethau felly y tu hwnt i'w gafael bellach, felly ffolineb oedd meddwl amdanyn nhw. Oherwydd hynny doedd dim i boeni amdano ond bwyd – a'r rhent.

Tynnodd ei llaw dros y siôl ar ei gwar. Roedd hi'n llaith ac yn oer.

'Fe hoffwn i gymryd y fwyell fowr, Sara, a'u chwalu nhw bob un. Mae'n rhaid i ni eu difa nhw neu maen nhw'n mynd i'n difa ni.'

Gwyddai Sara ei fod yn sôn am y gatiau mawr ar draws y ffyrdd. Roedd cymaint o ddicter yn ei lais nes codi arswyd arni. Roedd hi'n ei adnabod yn ddigon da i wybod ei fod mewn tymer beryglus, a gwyddai na fyddai'n hidio'r un botwm corn am undyn byw pan fyddai mewn tymer felly.

Fe ddaethon at gât y pentre. Roedd hi'n nos yn awr, ond roedd golau gwan i'w weld yn ffenest y tolldy bach yn ymyl y gât.

'Gât!' gwaeddodd Tomos.

Ni ddigwyddodd dim. Safodd yr hen gaseg flinedig yn hollol lonydd yn y glaw.

'Gât!' gwaeddodd Tomos wedyn, a'r tro hwn roedd ei lais fel taran. Agorodd drws y tolldy wedyn.

'Ol reit! Ol reit! Rwy'n dod cynted â galla i!' meddai llais Mitchell, ceidwad tollborth y Pentre. Fe geisiodd edrych drwy'r tywyllwch i weld pwy oedd am fynd trwy'r gât. Yn y cysgodion gallai weld cart a cheffyl.

'Chwe cheiniog!' meddai'n ddiamynedd.

Gwelodd Sara ei gŵr yn codi ar ei draed yn y cart a theimlodd ofn yn ei chalon.

'Ond rydyn ni wedi talu bore heddi!' gwaeddodd Sara, 'does dim hawl gyda chi ofyn i ni dalu ddwywaith mewn un diwrnod . . .'

Daeth Mitchell yn nes at y cart. Pe bai wedi cymryd pwyll ac wedi edrych yn fanwl, gallai fod wedi darganfod pwy oedden nhw, ond am ei fod yn teimlo'n flin, fe ddwedodd rywbeth a gafodd effaith ofnadwy ar yr holl ardal am fisoedd wedi hynny. (Efallai hefyd iddo gredu mai ceisio ei dwyllo oedd y ddau yn y cart, eu bod wedi mynd trwy'r glwyd o'r blaen y diwrnod hwnnw. Roedd eraill wedi ceisio'i dwyllo felly droeon.) Beth bynnag, fe ddwedodd yn sarrug: '*Come on*, nawr, talwch. Rwy i wedi clywed y stori 'na o'r blaen.'

Yr eiliad nesaf roedd Tomos wedi neidio o'r cart. Clywodd Sara ei gorff trwm yn disgyn ar y ffordd galed. Clywodd geidwad y tollborth yn gweiddi,

'Paid ti cwrdd â fi neu . . .'

Yna roedd dwrn mawr Tomos wedi ei daro yn ei wyneb. Roedd hi'n ergyd ofnadwy. Ynddi roedd holl ddicter Tomos at y tollbyrth ac at y tlodi oedd wedi mynd yn gymaint o faich arno ef a'i deulu.

Ar unwaith roedd Mitchell yn mynd yn gyflym lwyr ei gefn ar draws y ffordd. Stopiodd pan drawodd bost trwchus y Gât, a llithrodd i'r llawr. Aeth Tomos ar draws y ffordd ar ei ôl.

'Tomos! Na!' Gwaeddodd Sara mewn dychryn. Ond roedd y dyn mawr wedi cyrraedd hyd at Mitchell. Cydiodd ynddo a'i godi oddi ar y llawr a'i daro unwaith eto – o dan ei ên y tro hwn. Gorweddodd ceidwad y tollborth yn dawel ac yn hollol anymwybodol ar y llawr. Roedd gwaed dros ei wyneb i gyd. Plygodd Tomos drosto a rhoi ei law yn ei boced. Tynnodd allan yr allwedd i agor y glwyd.

'Dewch â'r cart trwodd, Sara,' meddai. Roedd ei lais yn crynu. Agorodd y glwyd â'r allwedd yn ei law. Cydiodd Sara yn yr awenau a gyrrodd yr hen gaseg flinedig trwy'r glwyd. Yn ei chalon fe wyddai fod rhywbeth mawr wedi digwydd ac y byddai rhaid iddi ofidio am rywbeth heblaw bwyd a'r rhent wedi'r cyfan.

'Tomos . . . ydy . . . ydy . . . e'n fyw?'

'Wrth gwrs, Sara. Fe ddaw ato'i hunan chwap

iawn.' Dringodd i ben siafft y cart a chymryd yr awenau o law ei wraig.

'Ond, Tomos . . . fedrwn ni ddim ei adel e . . .' meddai Sara.

'Ei adel e! Beth arall wnawn ni, ddynes? Os arhoswn ni fan yma fe fydda i mewn trwbwl. Ji-yp, Dol.'

Aeth yr hen gaseg yn ei blaen yn bwyllog. Ond yn awr roedd Tomos Brynglas am fwy oddi wrthi.

'Dere'r bwdren!' gwaeddodd gan roi chwip ar ei chefn. Cododd yr hen greadur drot, a gwyddai Tomos y byddai rhaid iddo fodloni ar hynny.

'Odych chi'n meddwl ei fod e wedi'ch nabod chi, Tomos?'

'Wn i ddim, Sara. Gobeithio naddo fe. Ond roedd e wedi nghynhyrfu i, Sara . . . allwn i ddim dala . . .'

Rhoddodd Sara ei llaw ar lawes ei siaced wlyb. 'Fe wn i, Tomos,' meddai'n dawel.

Yr oedd yr hen gaseg yn awr yn mynd ar drot trwy'r Pentre ac roedd goleuadau'r tai yn goleuo'r ffordd o'u blaenau. Yr oedd Sara'n gweddïo na welai neb hwy'n mynd trwodd.

Ond pan oedden nhw'n pasio tafarn y Delyn yng nghanol y pentre, gyferbyn â'r eglwys, fe welon nhw ddyn yn disgyn oddi ar gefn ei geffyl, yn barod i fynd i mewn i'r dafarn. Adnabu'r ddau ef ar unwaith. Seth Owen, eu cymydog agosaf.

'Welwch chi pwy sy' fanco, Tomos?' gofynnodd Sara.

'Gwela', Sara. Gobeithio na wêl y cythrel 'na ddim mohonon ni.'

Ond roedd y dyn wrth ddrws y dafarn wedi clywed sŵn pedolau. Yn lle mynd i mewn i'r dafarn ar unwaith, arhosodd wrth y porth i weld pwy oedd yn dod tuag ato. Yr oedd hi'n dywyll, ac roedd haenen o niwl tenau wedi dod gyda'r glaw. Ond roedd golau llachar yn llifo allan trwy ffenestri'r dafarn hefyd.

A oedd yn mynd i'w hadnabod?

Yna roedd y cart wedi pasio'r dafarn a mynd ymlaen am waelod y Pentre. Nid oedd y dyn wrth y drws wedi rhoi unrhyw arwydd ei fod wedi adnabod y cart na'r ddau a oedd ynddo. Ac eto, de deimlai Sara'n anesmwyth oherwydd nid cymydog da oedd Seth Owen y Goetre, fel y gwyddai'n iawn. Pe bai e wedi adnabod Tomos a hithau . . . a phe bai mwstwr yn codi ynghylch Mitchell, ceidwad y Tollborth . . .

Ond yn awr yr oedd yr hen gaseg wedi eu cludo trwy'r Pentre ac allan i'r ffordd dywyll yr ochr arall. Yn sydyn sylweddolodd Tomos fod allwedd y Gât fawr yn ei law o hyd. Petrusodd am eiliad, yna taflodd hi dros y clawdd i'r coed a'r drysi yr ochr chwith i'r ffordd.

Pan oedd Tomos yn troi pen yr hen gaseg oddi ar y ffordd fawr i fyny'r lôn gul oedd yn arwain i Frynglas, roedd y Goets Fawr yn dod ar garlam i gyfeiriad y tollborth. Yng ngolau lampau'r Goets gwelodd y Gyrrwr, Meic Bonner, o Abergwaun, fod y gât ar agor led y pen. 'Dyna welliant, myn brain i!' meddai wrtho'i hunan, oherwydd doedd Mitchell ddim bob amser wedi llwyddo i agor y gât i'r Mêl (nad oedd byth yn gorfod talu am fynd trwodd). Rhoddodd y chwip hir yn ysgafn ar gefn ei geffylau a dechreuodd y cerbyd gyflymu. Ond wrth fynd trwy'r glwyd digwyddodd Bonner edrych i lawr a gweld Mitchell yn gorwedd yno â gwaed dros ei wyneb i gyd. Ffrwynodd ei geffylau ar unwaith. Ond roedd e wedi mynd hanner canllath cyn llwyddo i stopio'r Goets.

'Beth sy'n bod nawr?' gwaeddodd y Gard o'r cefn.

'Mae 'na ddyn yn gorwedd yn ymyl y gât . . . y . . . wedi ei anafu rwy'n meddwl. Gwell i ti fynd nôl i weld beth sy'n bod, Harri.'

'Rown i'n meddwl i mi weld rhywbeth,' meddai hwnnw. Neidiodd i lawr o ben y Goets. Erbyn hyn roedd rhywun wedi agor drws y Goets.

'Beth sy'n bod, *coachman*?' meddai llais ofnus dynes.

'Popeth yn iawn, Madam,' meddai Bonner, 'rwy'n meddwl i fi weld rhywun wedi ei anafu yn ymyl y Tollborth. Rhywun wedi cwympo oddi ar ei geffyl neu rywbeth fu'swn i'n meddwl.'

'O?' Aeth y ddynes yn ôl i'w sedd a chaeodd y drws.

Pan ddaeth y Gard at y dyn diymadferth yn ymyl y Gât adnabu ef fel Mitchell ar unwaith, er bod gwaed ar ei wyneb ac er nad oedd ond golau gwan yn dod allan trwy ffenest y tolldy bach. Fe geisiodd ei ysgwyd, ond nid oedd dim yn tycio. Yna, gan wybod na allai'r Gyrrwr adael y ceffylau, cododd ef yn ei gôl a mynd ag ef i lawr y ffordd at y Goets. Er bod Harri Hopcyn y Gard yn ddyn cryf eithriadol, yr oedd yn chwythu'n gyflym pan ddaeth yn ôl at y Goets. Yr oedd y ceffylau'n dechrau anesmwytho, eisiau mynd, a'u carnau aflonydd yn gwneud sŵn caled ar y ffordd.

'Wel?' gwaeddodd y Gyrrwr.

'Mitchell yw e,' meddai'r Gard, 'wn i ddim beth sy wedi digwydd iddo fe.'

'Mitchell?' Roedd llais y Gyrrwr yn llawn syndod. 'Beth wnawn ni ag e?'

'Fe awn ni ag e i'r Pentre. Fe'i gadawn ni e yn y Delyn. Fe fyddwn ni'n aros yno beth bynnag.'

'Y!' meddai'r Gard. Roedd e wedi gwneud un ymdrech fawr i godi'r corff diymadferth i ben y bocs ym mhen ôl y Goets. Yna roedd yntau wedi dringo i fyny.

'Gad iddi fynd!' gwaeddodd ar y Gyrrwr.

Aeth y Goets ymlaen i'r Pentre ac aros o flaen hen dafarn y Delyn.

Daeth dau o weision y dafarn i'r golwg o rywle.

'Cydiwch yn hwn!' gwaeddodd y Gard.

Aeth y ddau i gefn y Goets a chydio yn Mitchell a'i gario i mewn i'r dafarn.

Dim ond pedwar cwsmer oedd yn y Delyn, gan ei bod yn gynnar y nos, ac edrychodd pob un yn syn ar y ddau was yn dwyn Mitchell i mewn i'r taprwm. Y foment y gosodwyd ef ar fainc yn ymyl y tân, fe ddechreuodd ceidwad y Tollborth ddod ato'i hunan. Agorodd ei lygaid ac edrychodd o'i gwmpas yn syn. Rhedodd gwraig y dafarn ato â glasied bach o frandi yn ei llaw. Rhoddodd y gwydryn wrth ei wefusau.

'Beth ddigwyddodd i ti, Mitchell?' gofynnodd y Gard, oedd wedi dilyn y gweision i mewn i'r dafarn.

Cododd Mitchell ar ei eistedd yn sigledig.

'Y cart!' meddai, 'a'r dyn a'r ddynes . . . fe neidiodd y dyn o'r cart . . . a nharo i â'i ddwrn . . .'

'Pwy oedd e, neno dyn?' gofynnodd gwraig y dafarn.

Safai pawb yn fud yn disgwyl i Mitchell ddweud pwy oedd wedi ei daro. Ysgwyd ei ben a wnâi hwnnw, fel pe bai'n ceisio cofio. Ond ni wnâi'r ymdrech ond gwaethygu'r cur yn ei ben.

'Roedd hi'n dywyll . . . neu o leia roedd bron â bod yn dywyll . . . ac fe ddigwyddodd y peth mor sydyn . . . dwy' i ddim yn siŵr. Fe ddwedodd y ddynes rywbeth . . . rwy'n methu cofio beth . . .'

Daeth morwyn â phadell a dŵr claear ynddi, i olchi ei wyneb.

Dechreuodd y pedwar cwsmer edrych ar ei gilydd. Fe wydden nhw'n iawn fod rhywbeth wedi digwydd a fyddai'n achosi tipyn o dwrw yn yr ardal. Roedd rhywun wedi ymosod ar geidwad y tollborth, ac nid trosedd bach oedd hynny. Un o'r cwsmeriaid hynny oedd Seth Owen, y Goetre. Edrychai i lawr ar Mitchell gan gofio iddo weld cart yn mynd heibio ddeng munud ynghynt.

Y tu allan i'r dafarn, roedd drws y Goets wedi agor eto.

'*Coachman*!' meddai llais o'r tu mewn.

'M'ledi!'

'Pwy yw'r dyn anffodus sy wedi cael niwed?'

'Y . . . Mitchell, ceidwad y Tollborth, m'ledi.'

'Mitchell! Gwarchod pawb! Fe fydd Cyrnol Lewis, fy ngŵr, eisie gwybod rhagor am hyn! Gyda llaw, *Coachman*, faint yn rhagor mae'n rhaid i ni aros fan yma? Mae arna' i eisie mynd adre – *heno* – nid bore fory!'

Pennod 2

Yr oedd y ffermydd o gwmpas pentre Llangoed i gyd bron yn eiddo i'r Cyrnol Lewis, Plas y Coedfryn. Yn wir, byddai'r Cyrnol yn ymffrostio weithiau wrth ei ffrindiau fod yr holl dir oedd yn y golwg o'i ystafell wely yn eiddo iddo ef; a chan fod y Plas yn sefyll ar fryn uchel, fe allai'r gŵr bonheddig weld llawer iawn o dir o'r ffenestr honno. Roedd e fel rhyw frenin yn yr ardal, ac roedd ei air bob amser yn ddeddf. Pe bai rhywun mor anffodus â digio'r Cyrnol Lewis, byddai cystal iddo chwilio am ardal arall i fyw ynddi. Fe, a Sais o Lundain o'r enw Thomas Bullin, oedd yn gyfrifol am godi'r Tollbyrth ar draws y ffyrdd yn y rhan honno o'r wlad, ac wrth gwrs, fe âi tipyn o'r arian a gesglid mewn tollau i'w boced ef.

Fe allai'r Cyrnol fod yn ddigon caredig ar brydiau tuag at ei denantiaid tlawd; ond disgwyliai iddyn nhw 'gadw'u lle' – hynny yw, byddai'n colli ei dymer yn llwyr pan glywai fod ei denantiaid yn *achwyn* ar eu byd. Pan dorrwyd tollborth yr Efail Wen yn union ar ôl ei chodi ganddo ef a Bullin, roedd e'n gacwn gwyllt. Roedd rhyw "riff raff digywilydd" (geiriau'r Cyrnol ei hunan) – wedi mynd, dan gysgod nos, ac wedi chwalu'r gât newydd sbon yn Efail Wen, ac yna wedi diflannu cyn i neb eu nabod. Roedd y Cyrnol yn ei dymer ddrwg wedi cynnig y swm anferth o hanner can

14

punt i unrhyw un a roddai wybodaeth iddo ynglŷn â'r rhai oedd wedi torri'r gât. Ond roedd e wedi methu â chael yr un bradwr ymysg y "riff raff". Er mor dderbyniol fyddai hanner canpunt i ffermwr bach, neu i was ffarm, yn y dyddiau caled hynny, nid oedd yr un enaid byw wedi dod ymlaen i'w hawlio.

Ond roedd dros dair blynedd ers hynny, ac er bod y Cyrnol yn gwybod fod y ffermwyr yn ddig iawn wrth y tollbyrth, doedd y peth ddim wedi lledu. Roedd e wedi cael sioc felly, pan gyrhaeddodd ei wraig adref y noson gynt â'r newydd fod rhywun wedi ymosod ar Mitchell, ceidwad Tollborth y Pentre. Yn awr cerddai'r Cyrnol Lewis o gwmpas llyfrgell fawr y Plas – yn disgwyl. Roedd e newydd anfon un o'r morynion i mofyn Henri Bifan, y Stiward ato. Trigai Bifan yn y ffarm oedd yn perthyn i'r Plas – yr "Home Farm", fel y gelwid hi. Nid oedd y ffermdy ond rhyw hanner canllath o'r Plas ei hunan; ond roedd yn ddigon pell i wneud yn siŵr nad oedd aroglau dom anifeiliaid yn cyrraedd trwyn delicêt gwraig fonheddig y Plas.

Safodd y Cyrnol i edrych allan drwy'r ffenest, a gwelodd y Stiward yn dod ar frys i fyny'r lôn. Gwyliodd ef yn dod yn agosach. Dyn tal, tenau, dros ei chwe throedfedd ydoedd, ac yn awr roedd ei goesau hirion yn ei gario'n gyflym at ddrws ffrynt y Plas.

Cyn pen dim clywodd y gŵr bonheddig gnoc ar ddrws y Llyfrgell.

'Dewch mewn, Bifan!' gwaeddodd y Cyrnol.

Daeth y Stiward i mewn. 'Syr, roeddech chi am fy ngweld i?'

'Ydych chi wedi clywed am yr helynt 'ma neithiwr, Bifan?'

'Mitchell, syr?'

'O! Roeddech chi wedi clywed?'

'Oeddwn. Roedd un o'r gweision 'co lawr yn y pentre neithiwr. Dyna i gyd oedd y siarad yn y Delyn rwy'n deall.'

'Debyg iawn, Bifan. Glywoch chi pwy oedd wedi ymosod ar Mitchell?'

'Naddo, syr.'

Trawodd y gŵr bonheddig ei ddwrn de ar ei law chwith agored. 'Fe fydd rhaid i ni neud pob ymdrech posib i ddarganfod pwy sy' wedi gwneud hyn, Bifan!'

'Bydd, syr.'

'Os gallwn ni ddala'r gwalch ar unwaith, a'i gael e i garchar Caerfyrddin heb oedi, fe fydd hynny'n rhwystr i unrhyw un arall sy'n teimlo fel ymosod ar y tollbyrth neu'r rhai sy'n gofalu amdanyn nhw. Mae'n rhaid i ni gadw "*law and order*" yn y wlad ma, Bifan. Rhaid i ni ofalu na fydd yr un peth yn digwydd 'ma ag a ddigwyddodd yn Efail Wen. Mae arna i gwilydd hyd y dydd heddi am yr hyn ddigwyddodd fanny. Roedd hi'n warthus o beth ein bod ni wedi methu'n lân â chosbi'r rhai oedd yn gyfrifol am neud sbort am ben y Gyfraith felna! Os na chadwn ni ffrwyn ar y bobol gyffredin, Bifan, fe ân yn drech na ni . . . rhaid 'u cadw nhw yn eu lle.'

Fe wyddai Bifan fod ei feistr yn trafod ei hoff bwnc, ac roedd yn ddigon doeth i beidio â thorri ar ei draws.

'Mae peth fel hyn fel tân eithin, Bifan – mae e'n lledu'n gyflym iawn. Rhaid i ni ddiffodd y tân cyn iddo gael cyfle i ennill tir.' Tawodd y Sgweier i gael ei wynt ato.

'Fe wnawn ni'n gore, syr. Ond rhaid i chi gofio fod y bobol 'ma'n gyfrwys iawn, os ydyn nhw'n debyg i rai'r Efail Wen. Fe gadwodd rheini'r gyfrinach . . .'

Torrodd y Cyrnol ar ei draws.

'Rhaid i ni ofalu na fyddwn ni ddim yn methu'r tro ma, Bifan, fel rwy i wedi dweud. Nawr, rŷch chi'n nabod pob un o'r tenantied. Ydych chi'n meddwl mai un ohonyn nhw . . . ?'

'Mae tri neu bedwar, syr, nad ydw i ddim yn eu trysto nhw.'

'Enwch nhw i fi, Bifan,' meddai'r Cyrnol yn eiddgar.

'Wel – y – dyna'r dyn ifanc 'na â'r haid o blant sy yng Nghwmbychan, Ben Ifans . . . un garw yw e reit i wala. A dyw e ddim yn ei gneud hi'n rhy dda yng Nghwmbychan. Rwy'n clywed ei fod e wedi bod yn achwyn fod y rhent yn rhy uchel a'i fod e'n ffaelu cael digon o fwyd i'r plant oherwydd fod y tollbyrth . . .'

'Ie, dyna'r math o sgowndrel y dylen ni fod yn chwilio amdano, rŷch chi'n iawn, Bifan. Pwy arall?'

'Y Gof.'

'Guto'r Gof? Ydych chi o ddifri, Bifan?'

'Wel, rwy'n clywed ei fod e'n pregethu'n hallt yn erbyn y Gwŷr Mowr . . .'

'Ydy e wir! Ond, Bifan, rwy'n deall mai dyn mewn cart drawodd Mitchell . . . fydde'r Gof ddim mewn cart?'

'Na, mae'n debyg, syr. Dyna Tomos Brynglas, wedyn, a Nath Bronhaul. Rwy i wedi clywed eu bod

nhw'n tuchan yn uchel ar ddiwrnod ffair a marchnad
. . . ac yn chwythu bygythion.'

'Ie, Bifan. Ond *p'un* ohonyn nhw? Neu ai rhywun
arall? Rhaid i chi gael gwbod. Rhaid i chi gael rhywun
i wrando ar y siarad yn y Delyn, yn y ffair, yn y
farchnad, ie, a hyd yn oed yn yr Eglwys ar y Sul. Oes
gynnoch chi rywun?'

Meddyliodd y Stiward am funud.

'Oes, syr, mae gen i rywun, rwy'n meddwl.'

'O'r gore, rhowch e ar waith, Bifan. Ac os bydd
eisie sofren neu ddwy i ryddhau tafode, dewch ata i.'

'O'r gore, syr.'

'Nawr, roedd e'n rhywun mewn cart. Felly, mae lle i
gredu mai ffermwr neu was ffarm oedd e. Ai rhywun
lleol oedd e? Pwy oedd ar y tyrpeg neithiwr a chart
gydag e? Dyma'r math o gwestiynau y mae'n rhaid i
ni holi. Roedd dynes gydag e. Pwy oedd hi? Ei wraig
e? Rhaid i chi fynd yn gynta i holi rhagor ar Mitchell .
. . a mynnwch gael y gwir gydag e, Bifan.'

*　　*　　*

Tra roedd y Sgweier a'i Stiward yn trafod y digwyddiad
wrth y tollborth y noson gynt – i lawr yn yr Efail (ar
draws y ffordd o dafarn y Delyn, ac yn ymyl yr
eglwys), roedd y gof a nifer o lanciau'r ardal yn
gwneud yr un peth. Ond a dweud y gwir, yr un oedd
testun y siarad rhwng pob dau o gwmpas y lle i gyd.
Roedd y peth wedi cynhyrfu pawb. Nid oedd gan neb
olwg ar Mitchell, a theimlai llawer yn falch fod

rhywun wedi ymosod arno. Roedd ymosod ar Mitchell yn ergyd yn erbyn Awdurdod.

Tynnodd y Gof haearn coch, eirias o'r tân a'i droi mewn hanner cylch a'i daro ar yr eingion. Yna dechreuodd ei guro â'i forthwyl nes bod gwreichion yn tasgu o gwmpas yr Efail.

'Un busneslyd fuodd Mitchell eriod. Fe allech feddwl mai fe oedd perchen y gât . . .' meddai'r Gof rhwng ergydion â'r morthwyl.

Nath Bronhaul atebodd y Gof. 'Pe bydden ni'n ddigon o ddynion mi fydden ni'n tynnu lawr pob gât yn y wlad a'u llosgi nhw.'

'A beth ddigwydde i ni wedyn, Nath?' gofynnodd gŵr â gwallt gwyn yn y gornel.

'Fe dorrwyd gât Efail Wen on'd do fe? A chafodd neb unrhyw gosb am hynny, do fe?' meddai Nath.

'Mi fuswn i'n barod, yn un, i fynd mas y nos i dorri'r pethe diawl!' Llais chwerw Ben Ifans, Cwmbychan, dyn ifanc, cryf, a golwg anhapus arno.

Am foment disgynnodd tawelwch dros yr Efail. Gollyngodd y Gof y morthwyl o'i law ac edrychodd yn ddifrifol ar Ben Cwmbychan.

'Ben,' meddai, 'gwell i ti fod yn ofalus, gwas. Mae siarad felna yn mynd i ddod â ti i drwbwl. Taw piau hi'r dyddie 'ma, Ben. Nid siarad a chwythu bygythion sy' eisie, ond *gneud.*'

'Rwy i wedi dweud yn blwmp ac yn blaen mod i'n barod i *neud.* Trwbwl ddwedest ti, Guto? Wel, mae digon o hwnnw gen i nawr. All hi ddim mynd lawer yn waeth arna i beth bynnag a ddaw!'

'Eitha reit, Ben!' meddai llanc oedd yn eistedd yng nghanol y mwg ar ben y pentan.

Edrychodd y Gof o gwmpas yr Efail.

'Wel, falle daw'ch cyfle chi'n gynt nag rŷch chi wedi meddwl. Ond cymrwch chi air o gyngor gen i – gore i gyd po leia o *siarad* fydd. Pe bydde'r bechgyn chwalodd gât Efail Wen wedi siarad yn uchel fel rŷch chi'n neud nawr, fe fydde rhai ohonyn nhw yng ngharchar Caerfyrddin erbyn hyn – neu mas yn Botany Bay.'

Y foment honno cerddodd Seth Owen y Goetre i mewn i'r Efail a chadwyn haearn ar ei fraich.

'Pwy sy'n mynd i Botany Bay, Guto?' gofynnodd. Safai ar lawr yr Efail gan edrych o un wyneb i'r llall.

'A! Mr Owen. Dydd da i chi,' meddai'r Gof.

'Pwy sy'n mynd i Botany Bay?' meddai Seth Owen wedyn.

Gwenodd y Gof arno. 'Fe allwn ni i gyd fynd gwlei, os na ddaw pethe'n well. Ydych chi'n meddwl ei bod hi'n waeth ar y "*convicts*" yn Botany Bay nag yw hi arnon ni?'

'Nady, myn cythrel i!' meddai Ben Cwmbychan.

Edrychodd Seth yn hir ar y siaradwr. Yna trodd at y Gof. 'Mae'r tsaen 'ma wedi torri ac mae arna i eisie llusgo coed . . .'

* * *

A llusgo coed yr oedd Seth Owen pan glywodd sŵn carnau yn dod i lawr y Lôn at y Goetre. Synnodd braidd i weld y Sgweier a'r Stiward yn dod gyda'i gilydd tuag ato.

Cyffyrddodd â'i gap yn barchus i'r gŵr bonheddig.

'O, Cyrnol Lewis, syr,' meddai, 'rown i'n llusgo tipyn o goed tân lan o'r gwaelod 'na. Fe fydd y gaea ar ein penne ni nawr cyn ein bod ni'n troi, ac rwy'n leico ca'l tipyn o goed sych wedi'u torri a'u hollti erbyn y tywydd oer.'

'Ble wyt ti'n ca'l y coed, Owen?' meddai'r Sgweier.

'O, dim ond rhyw hen goed wedi dechre crino neu wedi cw'mpo ydyn nhw, wir i chi, syr.'

'Gobeithio hynny wir. Rwyt ti'n gwbod nad wyt ti ddim i dorri coed byw ar y Stâd.'

'Wrth gwrs, Cyrnol . . . chymrwn i ddim o'r byd . . .'

'O'r gore.' Edrychodd y gŵr bonheddig o gwmpas. Gwelodd dipyn mwy nag a hoffai o laid ar y clos, a thipyn yn rhy fach o wyngalch ar furiau'r tai mas. Nid Seth Owen oedd y ffermwr gore ar y Stâd, meddyliodd.

'Y . . . Seth,' meddai'r Stiward.

'Ie, Mr Bifan?'

'Rwy i wedi clywed dy fod ti lawr yn y Delyn echnos?'

'Oeddwn, Mr Bifan.'

'Oeddet ti yno cyn i'r Goets ddod â Mitchell i mewn?'

'Oeddwn. Rown i wedi cyrraedd rhyw ddeng munud cyn i'r Goets ddod.'

'Welest ti rywun ar y ffordd, yn dod o gyfeiriad y Tollborth?' Edrychodd Seth i fyw llygad y Stiward. Yn sydyn fe wyddai ei fod ar dir peryglus. Roedd e *wedi* gweld rhywun – Tomos Bryn Glas – yn mynd heibio'r noson honno. Ond roedd Tomos wedi ei weld yntau hefyd, ac os oedd e'n mynd i ddweud wrth y Stiward a'r Sgweier – fe fyddai Tomos yn gwybod pwy oedd wedi ei fradychu. Ac roedd arno ofn y dyn mawr hwnnw yn ei galon. Byddai holl ffermwyr eraill yr ardal yn ddig wrtho hefyd os bradychai Tomos Bryn Glas i'r Sgweier.

'Wel?' gofynnodd Cyrnol Lewis yn ddiamynedd.

'Wel, roedd hi'n dywyll . . . ac roedd glaw mân a niwl . . .'

'Welest ti rywun?' gwaeddodd y Cyrnol yn ddig.

'Wel . . . fe aeth rhyw gart heibio . . . ond roedd hi'n rhy dywyll i fi wbod yn iawn pwy . . . pwy oedd yn y cart.'

Rhoddodd y Cyrnol ei law ym mhoced ei wasgod a thynnu allan sofren felen. Taflodd y darn aur o'i law a disgynnodd yn y llaid wrth draed Seth Owen. Edrychodd hwnnw i lawr ar y sofren loyw ac yna ar wyneb ei feistr tir.

'Pe bawn i'n gwybod yn iawn, syr,' meddai, 'fe ddwedwn . . . ond fedra i ddim bod yn hollol siŵr . . .'

Tynnodd y Sgweier sofren arall o'i boced a'i dal rhwng ei fys a'i fawd.

'Pwy oedd yn y cart, Owen?' meddai.

'Y . . . Tomos Bryn Glas,' meddai Seth wedyn, 'ie, rwy i bron yn siŵr mai Tomos oedd yn y cart.'

Edrychodd y Sgweier a'r Stiward ar ei gilydd.

'Tomos Bryn Glas ie fe?' meddai'r Cyrnol, 'da iawn, Owen, rwyt ti wedi rhoi gwybodaeth ddefnyddiol iawn i ni heddi.'

Taflodd y sofren arall i'r llaid wrth ymyl y llall; yna trodd ben ei geffyl a charlamu i fyny'r lôn. Aeth y Stiward ar ei ôl.

Am foment hir ar ôl iddyn nhw fynd safodd Seth Owen yn edrych i lawr ar y ddau ddarn aur gloyw yn y llaid wrth ei draed. Yna plygodd a chodi'r ddau. Sychodd nhw'n ofalus cyn eu rhoi yn ei boced.

Pennod 3

Trannoeth, cyn penderfynu arestio Tomos Bryn Glas, fe aeth y Sgweier a'r Stiward i holi rhagor ar Mitchell. Yr oedd ei wyneb yn dangos ôl dyrnau Tomos o hyd, ond erbyn hyn gallai roi hanes yr hyn a ddigwyddodd yn ddigon clir, er na allai ddweud pwy oedd wedi ymosod arno.

Wedi clywed ei fod wedi gofyn am chwecheiniog, a llais dynes wedi dweud ei bod wedi talu unwaith y diwrnod hwnnw, deallodd y Sgweier a'r Stiward fod tipyn o'r bai am yr hyn oedd wedi digwydd – ar Mitchell ei hunan. Doedd ganddo ddim hawl gofyn am dâl ddwywaith mewn un diwrnod, ac wrth ofyn am gael ei dalu, cyn gwneud yn siŵr pwy oedd wrth y tollborth, roedd e wedi gofyn amdani!

Ar ôl clywed hyn roedd y Stiward am adael pethau'n llonydd gan obeithio y byddai popeth yn tawelu a phawb yn anghofio'r digwyddiad. Ond roedd y Sgweier yn mofyn arestio Tomos Bryn Glas, er mwyn dysgu gwers iddo, ac i bawb arall oedd yn debyg o herio'r Gyfraith. Ar y llaw arall, sylweddolai y gallai'r Ustusiaid ryddhau Tomos pe bai'n sefyll ei brawf, am fod Mitchell wedi ei bryfocio. Os digwyddai hynny, fe wyddai'r Sgweier y byddai pob Tom, Dic a Harri'n barod i ymosod ar geidwaid y

24

tollbyrth, gan feddwl y bydden nhw'n cael eu rhyddhau hefyd.

Felly'r prynhawn hwnnw, eisteddodd y Cyrnol i sgrifennu llythyr at ei gyfreithiwr yng Nghaerfyrddin. Ynddo adroddodd hanes y cyfan oedd wedi digwydd, a gofynnodd am gyngor ynglŷn â beth i'w wneud nesa. A oedd y Cyfreithiwr yn meddwl y byddai Tomos Bryn Glas yn cael carchar am yr hyn a wnaeth? Gyrrwyd gwas ar gefn ceffyl i Gaerfyrddin â'r llythyr.

Am amser hir ar ôl i'r gwas ymadael eisteddodd y Cyrnol yn y Llyfrgell yn meddwl.

Fe deimlai'n ddig wrth y Stiward am gymaint ag *awgrymu* fod Tomos Bryn Glas yn cael llonydd. Dyna ddigwyddodd i'r dihirod dorrodd Gât yr Efail Wen – fe gawson nhw lonydd. Ond ar yr un pryd, efallai mai Bifan y Stiward oedd yn iawn, meddyliodd. Doedd yr achos yma ddim mor ddifrifol o bell ffordd ag un yr Efail Wen. O leiaf doedd eiddo'r 'Trust' ddim wedi cael ei niweidio. Ond roedd gwas y 'Trust' wedi cael ei daro, serch hynny.

Ysgydwodd y Cyrnol ei ben. Wel, meddyliodd, fe fyddai rhaid derbyn cyngor y Cyfreithiwr. Os byddai hwnnw'n dweud arestio – yna arestio amdani. Os na – fe gâi'r digwyddiad lonydd i farw.

Ond, heb yn wybod i'r Cyrnol Lewis, roedd y digwyddiad wrth dollborth y Pentre wedi creu mwy o gynnwrf nag a freuddwydiai. Roedd yr hanes wedi mynd o ben i ben fel y tân eithin hwnnw y soniodd amdano wrth y Stiward. Roedd y Mêl wedi mynd â'r hanes i Abergwaun ac yn ôl wedyn i Gaerfyrddin, ac roedd gwas a phorthmon a thincer wedi mynd ag ef i'r ffermydd bach unig ar lethrau mynyddoedd Preseli. Ac am fod yn y ffermydd hynny bobl ar fin newynu ac ar fin colli gobaith, roedd y stori wedi cael croeso mawr. Wrth ei hadrodd a'i hail-adrodd roedd hi wedi tyfu hefyd, fel y gellid disgwyl. Ac roedd ei chlywed wedi dod â thipyn bach o lawenydd i'r ffermydd tlawd. Roedd rhywun wedi bod yn ddigon dewr i ddangos i'r Gwŷr Mawr na chaen nhw ddim o'u ffordd eu hunain i gyd chwaith!

* * *

Nos Sadwrn – ac roedd bysedd yr hen gloc mawr ar bared bwthyn y Gof yn dangos naw o'r gloch. Roedd y Gof newydd orffen ei waith yn yr Efail ac yn awr safai'n noeth hyd ei hanner wrth y tân. Ar gadair o'i flaen roedd padell fawr â'i llond o ddŵr claear. Roedd e wrthi'n golchi llwch y glo a chwys yr Efail oddi ar ei gorff cadarn pan glywodd gnoc ysgafn ar y drws. Edrychodd ar hen wraig ei fam a eisteddai ar y sgiw wrth y tân yn gwau hosan.

'Mae rhywun wrth y drws,' meddai. 'Myn cythrel i, does dim llonydd i fod oes e? Wel, dwy i ddim yn mynd nôl i'r Efel heno 'to, Mam, i blesio'r Sgweier ei hunan.'

Cododd yr hen wraig ac aeth yn sionc ddigon am y drws. Cydiodd y gof mewn tywel a dechrau ei sychu ei hun. Clywodd lais cryf yn dweud rhywbeth yn y drws, yna gwelodd ei fam yn dod yn ôl, â dyn anferth o faint yn ei dilyn. Y tu ôl i hwnnw cerddai dyn llai o lawer, ond trwsiadus iawn ei wisg.

Ond roedd llygaid y Gof ar y dyn mawr a safai yn awr yn wargam ar ganol y llawr. Pe bai'n sefyll yn syth byddai'n taro 'i ben yn erbyn y to. Yn sydyn fe wyddai'r Gof pwy oedd, er nad oedd erioed wedi ei weld o'r blaen. Ond roedd e wedi clywed sôn am ddyn anferth o faint yn byw wrth odre'r Preseli – dyn yr oedd ar bawb ei ofn . . . hwn oedd TWM CARNABWTH! Ond beth oedd e'n wneud ym mwthyn y Gof yr amser hwnnw o'r nos? A phwy oedd y dyn trwsiadus, â'r sgarff dros hanner ei wyneb, oedd gydag ef?

'Eisteddwch, da chi,' meddai'r hen wraig mewn llais main, crynedig. Eisteddodd y ddau ar y sgiw. Estynnodd y gof am ei grys gwlanen, glân a llithrodd i mewn iddo. Aeth yr hen wraig allan â'r badell gyda hi.

'Wel?' meddai'r Gof, gan eistedd gyferbyn â'r ddau ddyn dierth, 'rwy'n meddwl mod i'n eich nabod chi,' meddai wrth y dyn mawr. Daeth gwên fawr dros wyneb garw hwnnw.

'Da iawn,' atebodd, 'er nad wy i ddim yn cofio ein bod wedi cwrdd chwaith.'

'Na, dŷn ni ddim wedi cwrdd, ond . . . y . . . nid chi yw Twm Carnabwth?'

'Ie, dyna'r enw mae pobol wedi'i roi i fi.'

'Rŷch chi wedi teithio mhell.'

'Mae'r gŵr bonheddig 'ma wedi teithio mhellach na fi,' meddai'r cawr.

'Ydych chi wedi dod 'ma i ngweld i? Oes ceffyl wedi colli pedol neu rywbeth?'

Ysgydwodd y dyn dierth, nad oedd y Gof wedi gweld ei wyneb yn iawn eto, ei ben.

'Rydyn ni wedi dod 'ma i gael gair â chi, Mr Morgan.'

Sut oedd y dyn yma'n gwybod ei enw? gofynnodd Guto'r Gof iddo'i hunan.

'Ynghylch beth?' gofynnodd, gan deimlo dipyn yn anesmwyth.

'Ynghylch "Merched Beca"!' meddai'r dyn mawr, gan edrych i fyw ei lygad.

'M-Merched Beca? Ond beth . . ?'

'Paid dweud nad wyt ti ddim wedi clywed am Ferched Beca a fu'n chwalu clwydi Efail Wen a Maesgwyn?'

'O do, rwy i wedi clywed am rheini. Ond mae tair blynedd a rhagor oddi ar hynny nawr ac mae Merched Beca wedi bod yn dawel . . .'

'Ydyn. Ond mae'r amser wedi dod iddyn nhw ddechre cerdded y wlad unwaith yn rhagor.'

'Ond pam rŷch chi'n dod ata i?'

'Mae wedi dod i'n clyw ni dy fod ti'n un o'r rheini sy'n barod i ymuno â ni,' meddai'r dyn trwsiadus.

'Mae arnon ni eisie braich gref fel sy gyda ti,' meddai Twm Carnabwth, 'braich sy'n gyfarwydd â thrafod gordd. Gof oedd y blaena'n torri gât Efail Wen – yr hen Morris Dafydd, ac roedd e'n ddeg a thrigen oed bryd hynny, cofia.'

Edrychodd y Gof yn syn ar y ddau ddyn wrth dân ei fwthyn bach. Yna ysgwydodd ei ben.

'Beth dalodd hi i chi, i dynnu lawr glwydi Efail Wen a Maesgwyn? Mae'r tollbyrth gyda ni o hyd, ac mae'r bobol mor dlawd ag y buon nhw eriod.' Roedd ei lais yn chwerw.

'Ond y tro hwn,' meddai'r dyn trwsiadus ei wisg, 'mae Merched Beca'n mynd i chwalu *pob* clwyd, nes byddwn ni wedi cael diwedd ar y "Turnpike Trusts". Wedyn fe fydd ffermwyr tlawd yn gallu mynd i'r farchnad ac i'r Calch yn rhad ac am ddim. Mae pobol dlawd y wlad 'ma wedi cymryd eu gwasgu dan draed gan y Gwŷr Mowr yn rhy hir, ac mae'r amser wedi dod i sefyll dros gyfiawnder.'

Cododd y Gof ar ei draed.

'Maddeuwch i fi, syr,' meddai, 'mae rhywbeth o'i le fan yma . . . rŷch chi'n sôn am helpu'r bobol dlawd, ac eto, a barnu oddi wrth eich dillad chi . . . rŷch chi'n un o'r Gwŷr Mowr eich hunan.'

'Eitha gwir; rwyf fi'n ddigon cefnog i allu troi ymysg y Gwŷr Byddigion. Ond mae cyflwr ffermwyr bach Cymru a'u teuluoedd wedi bod yn ofid i fi ers tro bellach, ac rwy i wedi penderfynu gneud rhywbeth i'w helpu nhw. Rwy i am erfyn arnoch chi beidio â gofyn pwy ydw i, na cheisio gweld sut wyneb sy' gen i tu ôl i'r sgarff 'ma . . . am y tro, beth bynnag. Fe fydd yn well i chi a finne nad ŷch chi ddim yn gwbod pwy ydw i.'

'Oes gynnoch chi ryw gynllunie?' gofynnodd y Gof.

'Oes. Y syniad yw cael llawer iawn o bobol ymhob ardal trwy Orllewin Cymru i gyd – fydd yn fodlon mynd allan y nos i chwalu'r tollbyrth. Nid chwalu un fan hyn a fan draw, ond y cyfan ohonyn nhw . . . nes gorfodi'r Awdurdode i'w diddymu nhw am byth. Dyna pam mae Twm Carnabwth a finne wedi dod 'ma heno . . . rydyn ni wedi clywed fod rhywun wedi ymosod ar Geidwad Tollborth y Pentre gerllaw 'ma . . .'

'Do ond . . .'

'Mae hynny'n dangos fod pobol yn yr ardal yma sy'n barod, ŷch chi'n gweld – yn barod i fentro herio'r Gyfreth. Pwy oedd e, ŷch chi'n gwbod?'

'Ysgydwodd y Gof ei ben. 'Na 'dwy i ddim yn siŵr.'

'Na hidiwch,' meddai'r gŵr bonheddig, 'yr hyn sy'n bwysig yw ein bod ni'n gallu cael ffermwyr a gweision ffermydd yr ardal 'ma i dyngu llw y byddan nhw'n barod i droi allan pan fyddwn ni'n galw arnyn nhw. Rwy i wedi ymweld â sawl ardal cyn dod 'ma, ac mae ugeiniau os nad cannoedd o "ferched" Beca'n barod i fynd at eu gwaith cyn gynted ag y rhown ni'r arwydd. Yr unig beth rwy'n ofni ar hyn o bryd yw y bydd rhywrai'n mynd ati ar eu penne'u hunen, heb aros am yr arwydd . . . rhywbeth tebyg i'r hyn sy wedi digwydd 'ma . . . rhywun wedi gweithredu ar ei ben ei hunan . . . nid dyna sy arnon ni ei eisie.'

'Na, rwy'n cytuno,' meddai'r Gof.

'Wyt ti gyda ni, neu nag wyt ti?' gofynnodd y cawr.

Petrusodd y Gof am funud. Roedd rhywbeth yn y ffordd roedd y dyn trwsiadus wedi siarad yn gwneud iddo deimlo fod gwerin dlawd sir Benfro a'r siroedd cyfagos wedi cael arweinydd o'r diwedd – rhywun a oedd yn poeni am eu cyflwr, rhywun oedd yn barod i'w harwain allan o'r diffeithwch fel y gwnaeth Moses â phlant Israel gynt.

'Rwy i gyda chi,' meddai'n ddistaw ond gydag argyhoeddiad.

Gwelodd Twm Carnabwth yn gwenu. 'Da iawn,' meddai, 'fydd y clwydi ddim ar eu traed yn hir iawn ond cael gordd y Gof atyn nhw.'

'Beth ŷch chi am i fi neud nawr?' gofynnodd y Gof, gan edrych ar y dyn trwsiadus ei wisg. Ond Twm Carnabwth a'i hatebodd serch hynny.

'Wyt ti'n gwybod ble mae hen felin y Ceunant?'

'Wrth gwrs.' Roedd e wedi bod lawr yn Felin y Ceunant pan oedd Wil Eisac, yr hen felinydd, yn fyw, yn atgyweirio'r rhod ddŵr. Ond bellach doedd dim eisiau neb yno i atgyweirio dim oherwydd roedd yr hen felinydd wedi marw a'r felin yn wag, heb neb yn dod yno i falu. Roedd y Felin mewn lle anghysbell iawn ynghanol coed.

'Wythnos i heno,' meddai Twm Carnabwth, gan godi ar ei draed, 'rwy i am i ti ddod â'r bechgyn hynny sy'n barod i ymuno â ni. Fe fyddwn ni'n gofyn iddyn nhw dyngu llw . . .'

'Dewch yn unig â'r rhai y mae gennych chi ffydd ynddyn nhw,' meddai'r dyn â'r sgarff am ei wyneb, 'neb arall, rhag ofn i ni gael bradwyr yn ein mysg. Fe all un bradwr ein dinistrio ni i gyd.'

Teimlodd y Gof ei galon yn curo. Roedd rhywbeth yn sinistr iawn yn hyn, meddyliodd.

'Ond . . .' dechreuodd. Ond torrodd Twm Carnabwth ar ei draws.

'Paid â'n siomi ni, gof. Wyth o'r gloch nos Sadwrn nesa yn Felin y Ceunant. Mi fydda i'n dy ddisgwyl di . . . ti a nifer o fechgyn cryfion gobeithio.'

Yna roedd y dyn trwsiadus wedi codi hefyd ac wedi mynd am y drws ar ôl y cawr.

'Ie peidiwch â'n siomi ni,' meddai yntau. Ond nid oedd unrhyw fygythiad yn ei lais ef fel yn llais Twm Carnabwth.

Yna roedd y ddau wedi mynd allan i'r nos. Cyn bo hir clywodd y Gof sŵn pedolau yn cychwyn ymaith ac yna'n distewi. Yn hir eisteddodd wrth y pentan yn syllu i lygad y tân. Meddyliodd am Twm Carnabwth, y dyn mwyaf ei faint a welsai erioed. Cofiodd y creithiau aml ar ei wyneb a'r llygaid bychain fel botymau du, gloyw, a chofiodd am y bygythiad yn ei lais pan ddywedodd 'Paid â'n siomi ni, gof . . .' Dechreuodd deimlo'n ddig. Doedd y Gof ddim yn hoffi cael ei fygwth gan neb. Ond wedyn cofiodd am y gŵr bonheddig â'r dillad crand oedd wedi cuddio'i wyneb. Doedd e ddim wedi bygwth. Pwy yn y byd oedd e? A pham yr oedd e'n poeni am werin dlawd sir Benfro?

Daeth yr hen wraig i mewn o'r ystafell arall. 'Mae wedi mynd yn hwyr, Guto,' meddai, gan gydio yn y pocer i roi proc i'r tân oedd yn dechrau diffygio.

'Ydy,' meddai ei mab.

'Pwy oedd y dynion dierth te, Guto?'

'Gadewch iddyn nhw fod yn ddynion dierth, Mam. Dwy i ddim am i chi sôn gair wrth neb amdanyn nhw.'

Pennod 4

Er ei bod yn Sul trannoeth cododd y Gof yn fore ac yn fuan ar ôl brecwast cychwynnodd ar ei daith. Roedd e wedi penderfynu cyn cysgu'r noson gynt ei fod yn mynd i ymweld â hen Felin y Ceunant y nos Sadwrn canlynol, a'i fod yn mynd i geisio cael cynifer o ffermwyr ag y medrai i fynd gydag ef. Ar wastad ei gefn yn ei wely roedd e wedi dweud wrtho'i hunan drosodd a throsodd – "Mewn Undeb mae Nerth." Pe bai'r bobl yn codi gyda'i gilydd, fel un gŵr, yna fe welai'r awdurdodau fod pethau wedi mynd i'r pen, ac fe welen nhw fod rhaid i'r Tollbyrth fynd – y Tollbyrth a llawer anghyfiawnder arall oedd yn gwneud bywyd y bobl gyffredin yn ddim ond un frwydr galed yn erbyn newyn a thlodi.

Wrth gerdded allan o'r pentre meddyliodd y Gof am y dyn rhyfedd oedd wedi dod gyda Thwm Carnabwth i'r Efail y noson gynt. Rhywun gwell na'i gilydd, rhywun deallus, rhywun o blith y gwŷr byddigion eu hunain – dyna'r dyn i arwain 'Merched Beca'! Meddyliodd am yr enw rhyfedd hwnnw – 'Merched Beca'. Ers tair blynedd bellach roedd pobl wedi bod yn defnyddio'r enw, ac eto nid oedd neb yn gwybod pwy oedden nhw na phwy oedd yn eu harwain. Ond yr oedd yr enw wedi creu ofn a dychryn ar lawer. Roedd ambell ŵr bonheddig wedi cael llythyr wedi ei arwyddo gan "Beca", yn ei fygwth yn gas, ac roedd rhai'n sôn am ddynion mewn dillad merched, wedi duo'u hwynebau, yn mynd heibio yn nyfnder nos ar gefn ceffylau. A neithiwr roedd y Gof wedi cwrdd â dau o arweinwyr y "Beca" yn ei fwthyn, ac yn awr yr oedd yntau'n un ohonyn nhw. Yn fwy na hynny, yr oedd ar ei ffordd y funud honno i geisio cael rhagor o bobol i ymuno a'r "gang".

Yr oedd hi'n fore oer, barugog, ym mis Tachwedd ac roedd y cloddiau o bob tu i'r ffordd yn wyn. Clywodd y Gof sŵn pedolau a gwelodd farchog ar gefn ceffyl coch, tal yn dod i'w gyfarfod. Adnabu'r ceffyl cyn adnabod y marchog. Un o geffylau'r Gwernydd ydoedd. Gwyddai wedyn mai Huw Parri, mab y diweddar Richard Parri, a arferai fod yn Ficer y Plwy, oedd y marchog. Roedd yr hen ficer yn frawd i wraig y Sgweier, ac yn ystod ei fywyd yr oedd ganddo fwy nag un eglwys dan ei ofal. Ond yr oedd hefyd yn berchen ffarm fawr y Gwernydd, a dywedai ei gymdogion fod mwy o ddiddordeb ganddo yn ei geffylau bob amser nag yn ei blwyfolion. Erbyn hyn, ciwrad ifanc oedd yn gofalu am yr Eglwys, rhyw hanner Sais, o'r enw Mr Berry, ac roedd gweddw'r Ficer a'i fab yn byw yn y Gwernydd.

Wrth weld y ceffyl yn dod ar drot tuag ato, meddyliodd y Gof, tybed na ddylai ofyn i Huw Parri ymuno ag ef i lawr yn hen Felin y Ceunant y nos Sadwrn canlynol? Ond ysgydwodd ei ben ar unwaith. Roedd Huw'n hen fachgen digon clên, ond roedd e'n nai i wraig y Sgweier!

Daeth y ceffyl a'r marchog hyd ato.

'Bore da, Guto,' gwaeddodd y llanc, gan ffrwyno'i geffyl. 'Rwyt ti o gwmpas yn fore heddi.'

Gwenodd y Gof, gan ddangos ei ddwy res o ddannedd gwynion.

'Rwyt tithe hefyd, ond wyt ti?' Rhoddodd ei law'n ysgafn ar drwyn y ceffyl tal. 'Rwyt ti wedi clywed am yr helynt nos Fercher gwlei?'

'Helynt Mitchell? Do, mae pawb wedi clywed y stori 'na erbyn hyn.'

'Oes rhyw sôn pwy ymosododd arno fe?' Roedd y Gof am wybod a oedd hwn wedi cael rhyw wybodaeth o gyfeiriad y Plas.

Ysgydwodd Huw ei ben. 'Gobeithio na ddaw neb byth i wbod, Guto,' meddai. Edrychodd y Gof i fyw ei lygad.

'Wrth gwrs, falle mai rhywun o bell ymosododd arno fe,' meddai.

Ysgydwodd Huw Parri ei ben unwaith eto.

'Na, mae gen i syniad mai rhywun neu rywrai o'r ardal 'ma sy'n gyfrifol.'

'O?'

'Dim ond syniad, Guto, does gen i ddim i brofi.'

'Rwy'n ofni mai dechre mae pethe, Huw,' meddai'r Gof wedyn. 'Mae pobol wedi cynhyrfu yn erbyn y tollbyrth – a phopeth.'

'Ydyn. Pe cawn i'n ffordd fe fyddwn i'n tynnu'r tollbyrth lawr i gyd.'

Unwaith eto edrychodd y Gof yn graff arno. A fyddai hi'n ddoeth gwahodd hwn i hen Felin y

Ceunant i gwrdd â "Merched Beca"? Na, gwell bod yn ofalus, meddyliodd wedyn; roedd hwn oherwydd ei berthynas â gwraig y Sgweier – yn un ohonyn "Nhw".

'Rwyt ti'n mynd i'r Ffair wrth gwrs,' meddai gan newid y sgwrs yn sydyn.

Gwenodd y llanc. 'Wrth gwrs, Guto! Mae'n rhaid mynd i Ffair Galangaea'. Ond rwy'n ofni na fydd dim cystal hwyl ag arfer arni leni . . . does gan bobol ddim arian . . .'

'Na, rwyt ti'n iawn fanna. Pwy sy'n mynd gyda ti, Huw?' Roedd y Gof yn gwenu wrth ofyn y cwestiwn hwn. Gwenodd Huw hefyd.

'Gawn ni weld, Guto . . . gawn ni weld pwy fydd yn barod i ddod gen i.' Chwarddodd wedyn. Edrychodd y Gof ar ei wallt coch, cyrliog a'i wyneb golygus.

'Mi fydda i'n synnu os nad Elin fydd ei henw hi,' meddai.

Gwelodd wrid yn lledu dros fochau Huw Parri. Ond roedd y llanc yn barod â'i ateb. 'Fe wn i am dair Elin o leia yn yr ardal 'ma . . .'

'Cer o na'r gwalch!' meddai'r Gof, gan roi pwniad ar ystlys y ceffyl coch nes gwneud iddo gychwyn yn sydyn ar hyd y ffordd.

Ond wedi iddo fynd rai llathenni ffrwynodd ei feistr ef.

'Fydda i'n dod lawr i'r Efail fory neu drennydd, Guto,' gwaeddodd Huw, 'mae eisie pedole blaen ar Robin 'ma.'

'O'r gore,' atebodd y Gof, 'a gobeithio bydd e'n fwy llonydd nag oedd e tro diwetha. Hei, gyda llaw, rwy'n

36

mynd draw i Bryn Glas nawr – wyt ti am hala rhyw neges?'

Chwarddodd Huw. 'Cofia ni atyn nhw!' Yna roedd e wedi codi trot a mynd heibio i'r tro yn y ffordd.

Aeth y Gof yn ei flaen a throi i fyny'r lôn oedd yn arwain i Fryn Glas. Wrth fynd meddyliai . . . tybed na fyddai Huw Parri yn barod i ymladd gyda Merched Beca?

Yn fuan iawn daeth at glwyd buarth Bryn Glas. Fel roedd hi'n digwydd, roedd Elin (yr Elin y bu'n tynnu coes Huw Parri yn ei chylch), yn croesi'r buarth y funud honno â bwcedaid o fwyd y moch yn ei llaw.

'Hylo Elin!' gwaeddodd y Gof. Trodd yr eneth ei phen, a chyn gynted ag y gwelodd pwy oedd yno, gwenodd arno. 'Guto! Dewch miwn – peidiwch aros fanna.'

Agorodd Guto'r glwyd a cherdded ar draws y buarth tuag ati. Roedd hi yn ei ffedog sach a rhyw gadach digon di-raen am ei phen, ac eto, meddyliodd, roedd hi'n dlws dros ben; tywysoges mewn ffedog sach! meddai wrtho'i hunan. Dau lygad brown mawr a chroen glân a dwy wefus goch – doedd dim rhyfedd fod un o lanciau mwyaf cefnog yr ardal yn canlyn y ferch yma.

'Rwy i wedi dod i gael gair â'ch tad, Elin,' meddai. Ar unwaith daeth golwg fach ofidus dros yr wyneb hardd.

'Does dim byd o le oes e, Guto?' gofynnodd, gan roi'r bwced i lawr ar y clos.

'Na, does dim byd o le, Elin,' meddai'r Gof gan wenu.

'Ewch mewn, Guto. Mae Nhad yn y tŷ. Fe fydda i mewn ar ôl rhoi hwn i'r moch. Ŷch chi'n clywed eu sŵn nhw?'

'Ydw. Maen nhw'n disgwyl amdanoch chi mae'n debyg. Gyda llaw, fe gwrddes â rhywun oedd yn cofio atoch chi – Huw Parri.'

'Â'ch celwydd chi, Guto!' meddai Elin, gan godi'r bwced yn frysiog. Ond roedd y Gof wedi gweld y gwrid ar ei boch.

Aeth at ddrws y ffarm a gweiddi, 'Hylo 'ma!' Yna yn ôl arfer y wlad, cerddodd i mewn i'r tŷ cyn cael ateb.

Roedd Tomos Bryn Glas yn eistedd wrth y tân. Trodd ei ben pan glywodd sŵn traed yn y cyntedd.

'Guto!' Cododd ar ei draed ar unwaith. 'Wel! Wel! Dyma ddyn dierth. Nid yn amal rŷn ni'n cael gweld y Gof ar yr aelwyd 'ma. Does dim byd o'i le oes e?'

Yr un cwestiwn eto, meddyliodd y Gof.

'Na, dim byd,' meddai.

'Wel, dere mla'n, mae Sara mas gyda'r geir, ac mae Ifan a Elin oboutu'r lle 'ma yn rhywle. Eistedd fanna ar y sgiw.'

Eisteddodd y Gof. 'Mae'n dda gen i mai dim ond ti sy 'ma, Tomos. Mae'r hyn sy gen i'w ddweud yn gyfrinachol braidd.'

'O?'

'Tomos, rwyt ti'n gwbod fod rhywun wedi ymosod ar Mitchell, Ceidwad y Tollborth?'

Dechreuodd Tomos ddweud rhywbeth. Gwnaeth rhyw sŵn yn ei wddf a dyna'i gyd.

Edrychodd y Gof arno. 'Roeddet ti wedi clywed?'

Chwarddodd Tomos y tro hwn.

'Own. Rown i'n gwbod gyda'r cynta, rwy'n meddwl,' meddai.

'O'r gore. Wel, mae'r peth wedi cynhyrfu pobol. Roedden nhw wedi cynhyrfu'n barod, wrth gwrs; ond mae'r digwyddiad 'ma wedi dod â pethe i'r pen rywsut. Does dim eisie gofyn i ti a wyt ti wedi clywed am "Ferched Beca"?'

'Wrth gwrs. Roedd rhywun o'r enw "Beca" ar gefn ceffyl pan dorrwyd tollborth Efail Wen a Maesgwyn. A wedi hynny . . . mae 'na ddigon o sôn . . .'

'Rwyt ti'n iawn. Wel, dyma sy gen i ddweud wrthot ti, Tomos – cyn i'r lleill ddod miwn. A fyddet ti'n barod i ymuno â "Merched Beca"?'

Edrychodd y ffermwr yn syn ar y Gof.

'Wyt . . . wyt *ti* wedi ymuno â nhw, Guto?' gofynnodd yn isel.

'Ydw, Tomos, neu o leia' rwy'i wedi addo . . . dwy i ddim wedi tyngu llw na dim 'to.'

Edrychodd Tomos Bryn Glas arno gyda edmygedd.

'Wyt ti'n gweld, Tomos . . . hyd yn hyn mae Beca wedi bod yn gweithredu nawr ac yn y man, fan hyn a fan 'co. Ond y syniad nawr yw cael y ffermwyr bach a phawb at ei gilydd – yn sir Benfro 'ma, ac yn sir Gâr a sir Aberteifi . . . fel ein bod ni i gyd yn gallu codi fel un gŵr yn erbyn y tollbyrth . . .'

Gwelodd wên ar wyneb y ffermwr.

'Rwy i gyda ti, Gof,' meddai Tomos, 'does dim eisie i ti ddweud gair ymhellach . . . rwy i gyda ti; rwy'n barod i dyngu llw unrhyw amser, ac mi fydda 'i gyda'r blaena fe elli di fentro, pan ddaw'r amser i dynnu'r clwydi lawr. Mae tipyn o nerth ar ôl yn yr hen freichie 'ma o hyd, fel y ffeindiodd Mitchell . . .'

Stopiodd y ffermwr am foment, i feddwl a oedd wedi gwneud camgymeriad wrth ddweud cymaint â hynny wrth y Gof.

Tro Guto oedd hi i edrych yn syn yn awr.

'Ti oedd e, Tomos?'

'Ie. Fe ofynnodd i fi dalu ddwywaith 'run dydd, Guto, ac fe golles i nhymer. Roedd y peth wedi bod yn corddi tu mewn i fi cyn hynny, cofia. Mae Sara a'r plant a finne'n gweithio – slafo'n hunen i ennill tipyn o fywiolieth ar yr hen le 'ma. Ond does dim gwahanieth faint weithwn ni, rŷn ni'n hanner starfo wedyn. Dyna pam mae'n rhaid i ni neud rhywbeth, Guto, a dyna pam y bydda i'n falch o fod yn un o "Ferched Beca"!'

Roedd ei lais yn chwerw ac yn galed, a gwyddai'r Gof fod 'Beca' wedi cael rhywun wrth fodd ei chalon yn Tomos Jones.

'Rwy i am i ti ddod lawr i hen Felin y Ceunant nos Sadwrn nesa erbyn wyth o'r gloch.'

'Mi fydda i 'na!'

Ond y foment honno agorodd drws y gegin a rhuthrodd Elin a'i brawd, Ifan, i mewn. Efeilliaid oedd y ddau yma, er nad oedd dim tebygrwydd rhyngddyn nhw. Yn wahanol i'w dad, yr oedd Ifan yn fychan a digon eiddil yr olwg.

'Nhad!' meddai Ifan yn gynhyrfus, 'mae pobol yn dod i fyny'r lôn.'

'Mae dau gwnstabl a dau o giperied y Plas,' meddai Elin.

'A'r dyn Mitchell 'na,' meddai Ifan ar draws ei chwaer.

Edrychodd Tomos ar y Gof.

'Maen nhw wedi dod amdana' i,' meddai'n dawel.

'Maen nhw wedi dod i wbod, felly,' meddai'r Gof.

'Do. Ac mae gen i syniad sut hefyd,' atebodd Tomos.

'Wel?'

'Seth Owen y Goetre. Dyna'r unig un a'n gwelodd ni'n mynd trwy'r pentre.'

'Ond does ganddyn nhw ddim prawf . . . er bod Seth wedi dy weld . . .'

'Mae e'n ddigon o brawf iddyn nhw, sbo,' meddai Tomos. Yna gan godi ei lais, dywedodd: 'Fe fydd rhaid iddyn nhw nala i a nghlymu i cyn cân nhw fynd â fi.'

'Rhaid i chi redeg, Nhad,' meddai Ifan. Roedd wyneb y llanc yn welw gan bryder.

'Na, Ifan,' meddai Tomos, 'dwy i ddim wedi arfer rhedeg o ffordd yr un dyn byw.'

Aeth am y drws, a'r lleill yn ei ddilyn.

Pan ddaethon nhw allan i'r awyr agored roedd Sara yn dod ar draws y buarth a rhyw ddau ddwsin o wyau yn ei ffedog.

Edrychodd pawb i lawr y lôn. Yr oedd y dynion bron â chyrraedd bwlch y clos erbyn hynny. Safodd pawb i'w disgwyl. Ciperiaid y Plas ddaeth gyntaf trwy'r glwyd, y ddau gwnstabl wedyn a Mitchell yn olaf. Roedd wyneb hwnnw wedi chwyddo ac roedd cleisiau glas o gwmpas ei drwyn a'i lygaid.

Dau ddyn mawr, garw oedd ciperiaid y Plas, a dau Sais hefyd. Ond dau ddyn bach digon di-nod oedd y cwnstabliaid. Yr oedd ofn yn amlwg ar wyneb y ddau. Ond dywedodd un ohonyn nhw mewn llais dipyn y grynedig.

'Tomos Jones, Bryn Glas, rydyn ni wedi cael gorchymyn gan yr Ustus, y Cyrnol Lewis, i'ch arestio chi . . .'

'Am beth Watcyn bach?' gofynnodd y ffermwr, yn wawdlyd.

'Mae tystiolaeth wedi ca'l ei roi gerbron Cyrnol Lewis eich bod chi wedi ymosod ar Mr Mitchell fan hyn nos Fercher diwetha.'

'Pwy brawf sy gyda chi?' meddai Sara'n uchel, 'oes rhywun wedi'i weld e'n gneud hynny?'

'Dyna'r llais!' gwaeddodd Mitchell. Edrychodd pawb i'w gyfeiriad.

'Dyna'r llais glywes i nos Fercher, rwy'n nabod y llais!'

Roedd e'n siarad yn aneglur, fel pe bai ei dafod yn dew.

Ond fe wydden nhw mai'r chwydd yn ei wyneb oedd yn gyfrifol am hynny.

Rhoddodd Sara ei llaw at ei cheg, fel pe bai am roi taw ar ei thafod, oedd newydd gryfhau'r tystiolaeth yn erbyn Tomos ei gŵr.

'Ydych chi'n dod yn dawel, Tomos Jones?' gofynnodd yr ail gwnstabl. Yr oedd ef wedi ymwroli tipyn ar ôl clywed Mitchell yn gweiddi.

'Dwy i ddim yn dod o gwbwl, Ianto,' meddai Tomos gan sythu ei gefn llydan.

'Rhaid bod y ddau Sais wedi deall y geiriau hyn, oherwydd yn awr, edrychodd y ddau ar ei gilydd.

'*Come on now*, Thomas,' meddai'r hynaf o'r ddau – dyn o'r enw Burrows, '*we haven't got all day you know.*'

Ar y gair symudodd ef a'i gyfaill yn nes at y ffermwr. '*Do your duty, constable,*' meddai Burrows, '*if he resists we will help you.*'

Daeth y cwnstabl o'r enw Watcyn ymlaen at y ffermwr. Cyn gynted ag y daeth hwnnw o fewn cyrraedd braich cydiodd Tomos Bryn Glas ynddo gerfydd ei wddf a'i ysgwyd fel ci'n ysgwyd llygoden. Yna gwthiodd ef oddi wrtho i freichiau'r ciper, Burrows. Wedyn llithrodd y cwnstabl i'r llawr.

Am foment safodd y ciperiaid a phawb arall yn stond. Edrychai pawb ar ei gilydd yn wyliadwrus. Yna closiodd y Gof at Tomos nes bod y ddau ysgwydd wrth ysgwydd. Yr oedd yr arwydd yn eglur. Fe wyddai'r ciperiaid wedyn fod y Gof yn mynd i ymladd gyda'r ffermwr, pe bai galw am hynny ac roedden nhw a'r lleill yn gwybod yn iawn am gryfder a thymer wyllt y Gof. Efallai eu bod yn cofio'r funud honno am ei orchest yn codi'r eingion fawr a'i dal uwch ei ben – yr eingion na allai neb arall ei chodi hyd ei ysgwydd. Beth bynnag, nid oedd arwydd fod yr un o'r ciperiaid yn barod i fod yn flaenaf yn ymosod ar Tomos Bryn Glas y foment honno.

'*Come on, Burrows,* bachan,' meddai Tomos, '*if you want to go back to Plas lookin' like him!*' gan gyfeirio at Mitchell a oedd wedi cilio rai camau yn ôl am y glwyd.

Ond ni wnaeth yr un o'r ddau unrhyw ymdrech i ymosod ar y ffermwr.

'*It won't do you any good,*' meddai Burrows. '*We shall be back with soldiers, and we shall have guns next time. It won't do **you** any good either,*' meddai, gan droi at y Gof.

Yna roedd y cwmni wedi mynd trwy'r glwyd ac i lawr y lôn.

'O, Tomos bach!' meddai Sara â'r dagrau'n rhedeg i lawr dros ei boch, 'rwy i wedi'ch bradychu chi.'

Rhoddodd Tomos ei law ar ei hysgwydd. 'Na, na, merch i, roedden nhw'n gwbod cyn i ti agor dy geg.'

'Ond nawr maen nhw'n siŵr! Beth sy'n mynd i ddigwydd i chi, Tomos?' Roedd hi'n wylo fel y glaw.

'Dim, Sara fach, dim. Dwy i ddim yn meddwl y mentran nhw nôl ffordd hyn 'to.'

'Ond fe ddwedodd y ciper y bydden nhw'n dod nôl â'r soldiers a dryllie!'

Edrychodd y Gof ar Elin a gwelodd ei bod hithau'n crio hefyd, a'r dagrau'n powlio i lawr ei bochau tlws.

Pennod 5

Yr oedd hi'n ddiwrnod ffair Calangaeaf yn Llangoed trannoeth. Ers canrif a rhagor roedd yr hen ffair hon wedi ei chynnal yn gyson bob blwyddyn, ar y 18fed o Dachwedd, ond pan fyddai'r dyddiad hwnnw'n digwydd syrthio ar ddydd Sul. Ffair "Clangaea" Llangoed oedd yr olaf o ffeiriau'r tymor yn sir Benfro, ac roedd hi'n enwog iawn, a deuai pobol iddi o bell ac agos. Fe gâi llawer o ferlod mynydd eu gwerthu a'u prynu ynddi, heb sôn am wartheg a defaid a moch. Yn ffair Llangoed hefyd yr oedd y cyfle olaf i weision a morynion gyflogi am y flwyddyn oedd i ddod.

Cyn dydd fe ellid gweld gwagenni a cheirt o bob math, yn gymysg â charafanau sipsiwn, yn dirwyn eu ffordd tua'r pentre.

Yn fore iawn roedd stondinau'n cael eu codi ar ymyl y ffordd o gwmpas y Delyn a'r eglwys a'r Efail. Erbyn deg o'r gloch roedd y "*Cheap jacks*" yn gweiddi i geisio gwerthu eu nwyddau rhad. Yr oedd y gwehyddion yno'n gwerthu gwlanen a'r hosier tenau o sir Aberteifi, a'i bentwr mawr o sanau gwlân, trwchus. Yr oedd cacennau poeth i'r newynog a melysion i'r plant.

Crwydrai sipsiwn brown o gwmpas ymysg y dyrfa fawr oedd wedi crynhoi cyn hanner dydd, â'u llygaid craff yn chwilio am geffyl neu ferlyn wrth eu bodd.

Ond roedd hi'n brynhawn cyn y codwyd rhyw fath o

babell go fawr yng nghornel cae'r dafarn – pabell y paffiwr, Joe Batt. Yn y dyddiau hynny byddai Joe'n crwydro'r ffeiriau, a gwnâi ei fywioliaeth wrth herio unrhyw un a ddeuai ymlaen i ymladd ag ef. Os llwyddai unrhyw un i sefyll ar ei draed yn ei erbyn am chwarter awr, fe dalai goron iddo. Go anaml y byddai rhaid iddo dalu, oherwydd go ychydig o fechgyn dewr y wlad a allai ei wrthsefyll am gyhyd â hynny o amser.

I Elin Bryn Glas, diwrnod digon trist oedd dydd ffair Galangaeaf Llangoed 1842. Roedd hi'n gorfod ymadael â hen ffrind annwyl iawn; sef y ferlen fynydd o'r enw "Gwenno" yr oedd hi wedi gweld ei magu. Y noson gynt roedd y teulu wedi bod yn trafod y cwestiwn o werthu'r ferlen. Roedd Elin a'i brawd yn erbyn yn bendant, ond pan ddwedodd eu mam fod angen yr arian arni i brynu bwyd a phethau eraill ar gyfer y gaeaf, nid oedd dim amdani ond bodloni iddi fynd i'r ffair drannoeth. Er mai merlen fynydd oedd y gaseg fach, yr oedd hi'n un hardd iawn. Un felen oedd hi a'i mwng bron yn wyn, a cherddai mor falch â brenhines.

Yn ystod bore'r ffair bu Elin ac Ifan ei brawd yn brwsio a chribo mwng y ferlen; yna, chwap ar ôl hanner dydd fe roddodd Ifan gyfrwy arni a dod â hi allan i'r buarth.

Safai Elin a'i mam ar ben y drws yn gwylio Ifan yn neidio ar ei chefn.

'Wyt ti'n siŵr nad wyt ti ddim yn dod i'r ffair, Elin?' gofynnodd Ifan, am y degfed tro.

Ysgydwodd ei chwaer ei phen. 'Na, mae eisie rhywun yma i gadw llygad ar y lôn rhag ofn bydd y Sgweier yn anfon rhagor o ddynion i mofyn Nhad.'

Cymylodd wyneb Ifan. 'Beth newch chi os daw rhywun?'

'Torri eu penne nhw!' meddai Tomos Jones gan gamu allan o'r sgubor â'r fwyell fawr yn ei law.

'Fydda i'n dod adre'n union ar ôl gwerthu, Nhad,' meddai Ifan.

'Paid a'i gwerthu hi i sipsiwn os galli di beidio,' meddai Elin.

'Gwertha di hi am y pris ucha, Ifan,' meddai ei fam, 'wedi'r cyfan mae dy dad yn arfer dweud fod sipsiwn mor garedig i geffyle, os nad mwy caredig yn amal – na phobl eraill. Ond ŷn nhw, Tomos?'

'Eitha gwir, Sara,' meddai Tomos, gan fynd yn nes at ei fab. 'Paid ti rhuthro adre o'r ffair, fachgen. Fe fydd digon o waith i'r cwnstablied lawr yn y Pentre heno, wyddost ti.'

Yna roedd Ifan yn mynd am fwlch y clos. 'Paid gadel iddi fynd dan beder punt a wheugen, Ifan,' gwaeddodd ei fam ar ei ôl.

Yna roedd e wedi mynd yn gyflym i lawr y lôn. Aeth Elin yn ôl i'r tŷ i grïo.

*   *   *

'Dwyt ti ddim yn mynd i'r *ffair*, wyt ti, Huw?' gofynnodd Mrs Parri'r Gwernydd ar ôl i'r forwyn glirio'r llestri cinio. Llwyddodd i ddweud y gair 'ffair' fel petai'n rhywbeth atgas ac is-raddol iawn. Un felly oedd Mrs Parri. On'd oedd hi'n wraig i frawd-yng-nghyfraith y Sgweier? Ac i Mrs Parri, fel i'r Sgweier, rhywbeth i'r bobl gyffredin – gweision a morynion ffermydd, porthmyn a sipsiwn a ffermwyr bach, oedd y ffair.

'Wel,' meddai Huw, 'rwy'n meddwl yr â i lawr i weld sut mae'r ceffylau'n gwerthu. Fe fyddwn ni'n gwerthu dau neu dri ebol cyn bo hir – rwy i am gael syniad o'r prisie'r dyddie hyn.'

Nid atebodd Mrs Parri ar unwaith.

Fel ei dad, ceffylau oedd cwbwl Huw, a gwyddai na allai ei rwystro rhag mynd i lawr i'r ffair i weld y ceffylau oedd ar werth. Doedd ganddi hi ei hunan ddim diddordeb mewn ceffylau – yn wir roedd yn gas ganddi'r creaduriaid. Roedd un ohonyn nhw wedi bod yn gyfrifol am farwolaeth ei gŵr. Cwympo oddi ar gefn ceffyl roedd e wedi'i wneud, wrth hela yn y Plas un diwrnod ym mis Ionawr – ddeng mis yn ôl.

'Ie,' meddai, gan edrych ar Huw fel pe bai'n maddau iddo am achosi cymaint o ofid iddi, 'fyddi di ddim yn hir byddi di? Mi fydda i'n dy ddisgwl di nôl. Os byddi di'n hwyr mi fydda i'n gofidio amdanat ti. Mae *ruffians* ofnadw yn y ffair, Huw, ac mae 'na . . .'

'Mam fach! Ydych chi'n meddwl mai plentyn bach ydw i o hyd! Rwy i bron bod yn un-ar-hugen! Ond peidiwch â gofidio, fydda i ddim yn hwyr.'

Pan gyrhaeddodd y ffair roedd y prynu a'r gwerthu ar eu hanterth. Ond sylwodd yn fuan iawn nad oedd cymaint ag arfer o bell ffordd, o brynu a gwerthu'n mynd ymlaen, a gwyddai mai'r tlodi mawr oedd ymhobman oedd yn gyfrifol am hynny.

Edrychodd o gwmpas yn eiddgar. Roedd e'n chwilio am un wyneb – wyneb tlws Elin Bryn Glas. Roedd e wedi cael y fraint o'i hebrwng hi adre o'r eglwys nos

Sul rhyw hanner dwsin o weithiau, ac yn awr gwyddai ei fod yn ei charu'n fawr iawn. Dyna pam roedd e wedi dod i'r ffair – nid i weld prisiau'r ceffylau. Na, roedd e wedi dod gan obeithio cwrdd ag Elin.

Ond doedd dim sôn amdani. Gwelodd Gwyneth y Lluest Fawr a Sal Bryn Ifor, merched dwy o ffermydd mwya'r ardal, merched a gyfrifid yn 'well na'i gilydd'. Edrychodd y ddwy'n serchog iawn ar Huw'r Gwernydd, yn wir, fe allai'r llanc dyngu fod Gwyneth wedi wincio arno. Rhaid oedd aros i gael gair a'r ddwy.

'Hylo Gwyneth – Sal . . . ble mae'r cariadon te?'

'O mae'n gynnar 'to,' meddai Sal Bryn Ifor.

'Fe allen ni ofyn yr un cwestiwn i chi, Huw,' meddai Gwyneth, gan roi pwniad i Nel â'i phenelin, 'ble mae hi?'

'Pwy?' gofynnodd Huw, gan geisio edrych yn ddiniwed.

'Eich cariad chi, wrth gwrs,' meddai Gwyneth.

'Mae ei henw hi'n dechre gydag "E",' meddai Sal, gan roi pwniad yn ôl i'w ffrind.

'E?' meddai Huw, gan ffugio dyfalu . . . 'Efa? Edith? Emma . . .'

'E . . . L . . .' meddai Gwyneth.

'E . . . L? Ella? Eleisa? Eluned? . . . Elena!'

Chwarddodd y ddwy ferch.

'Os torrwch chi gynffon Eluned, fe fyddwch chi gyda hi,' meddai Gwyneth.

'Torri cynffon Eluned? Rwy'n synnu atoch chi, Gwyneth! Wyddwn i ddim fod cynffon gyda hi.' Chwarddodd y tri gyda'i gilydd y tro hwn.

'Beth am ffeiryn te, Huw?' gofynnodd Sal.

'Mae'n gynnar 'to, ys dwedoch chi,' meddai Huw, gan ddal i wenu. 'Fe ga i'ch gweld chi'n nes ymla'n.'

Ar hynny ymadawodd y merched i dynnu coes rhywun arall, ac aeth Huw i mewn i'r cae yn ymyl y Delyn lle'r oedd yr anifeiliaid yn cael eu prynu a'u gwerthu.

Cyn gynted ag yr aeth i mewn gwelodd Ifan Bryn Glas yn siarad â dau sipsi. Roedd hi'n amlwg fod y sipsiwn yn ceisio prynu merlen felen Bryn Glas. Doedd bosib fod Ifan yn bwriadu gwerthu, meddyliodd. Roedd e wedi clywed Elin yn sôn am hon – roedd hi'n meddwl y byd ohoni. Pam roedden nhw wedi penderfynu ei gwerthu? Yn ei galon fe wyddai'r ateb i'r cwestiwn.

Aeth yn nes.

'Pedair punt!' meddai'r sipsi hynaf o'r ddau, 'a dyna nghynnig ola i, gwna di fel y mynnot ti.'

'Dwyt ti ddim yn mynd i'w cha'l hi am y pris 'na,' meddai Ifan yn benderfynol.

'Chei di ddim rhagor yn y ffair 'ma, alla' i fentro dweud wrthot ti,' meddai'r sipsi wedyn.

'O mae rhywun siŵr o ddod,' atebodd Ifan, 'rhywun sy'n nabod caseg dda yn well na ti.'

'O'r gore.' Cerddodd y ddau sipsi i ffwrdd. Ond wedi mynd rhyw ddecllath dyma'r ddau yn troi nôl gyda'i gilydd.

'Pedair punt a choron!' meddai'r sipsi ifanc y tro hwn.

'Peder punt a wheugen, a ti piau hi!' meddai Ifan, gan ddal ei law allan.

'Dim dime'n uwch na pheder punt a choron!' oedd yr ateb, a swniai'n derfynol yn awr.

Gwelodd Huw, a oedd wedi clywed y cyfan, fod Ifan yn gwegian. Yr oedd e ar fin gadael i'r ferlen fynd am bedair punt a choron.

Camodd ymlaen i ganol y cwmni.

'Peder punt a chweugen!' dywedodd. Trodd Ifan ei ben.

'Huw!' meddai, 'wyt ti'n cynnig am y ferlen? Wyddwn i ddim fod gennyt ti ddiddordeb mewn merlod mynydd.'

'Mae gen i ddiddordeb yn hon. Rwy'n hoffi ei golwg hi.'

'Wel . . .' meddai Ifan. Ond cyn iddo gael cyfle i ddweud rhagor . . . 'Peder punt a phymtheg swllt!' gwaeddodd y sipsi ifanc.

Edrychodd Ifan yn syn arno. Roedd y ferlen fach yn mynd i werthu'n dda.

'Wel . . .' dechreuodd wedyn.

'Pum punt!' meddai Huw Parri.

Trodd y ddau sipsi ymaith a cherdded i ffwrdd. Cyn iddyn nhw ddiflannu ynghanol y dorf clywodd Huw yr hynaf o'r ddau'n rhegi'n uchel wrth y llall.

'Wel, ti piau hi nawr, Huw,' meddai Ifan.

Rhoddodd mab ifanc y Gwernydd ei law yn ei boced a rhifodd bum sofren felen i law Ifan Bryn Glas. Yna estynnodd Ifan ffrwyn y ferlen iddo.

'Y . . . dwy i ddim yn gweld Elin o gwmpas heno, Ifan,' meddai, gan gydio yn y ffrwyn.

'Dyw hi ddim yn dod i'r ffair,' atebodd Ifan.

'O? Pam, Ifan? Oes rhywbeth yn bod?'

'Y . . . wel . . . doedd hi ddim yn fodlon iawn madel â'r ferlen 'ma. Twt, felna 'ma merched onte fe? Rhy deimladwy. Fe fydd hireth ar ôl y gaseg arna inne hefyd, ond all ffermwr ddim serchu gormod mewn creadur, wa'th rywbryd fe fydd rhaid eu gwerthu nhw neu eu lladd nhw.'

'Roedd Elin yn meddwl y byd o'r ferlen 'ma oedd hi?'

'O, oedd. Ond mae gynnon ni rai erill ar y mynydd. Cofia, hon yw'r un ore rŷn ni wedi ga'l o'r mynydd erioed.'

'Debyg iawn. Un fach bert yw hi.'

'Beth wyt ti am neud â hi te, Huw?'

'Mae gen i farch – *hunter class* – nhad magodd e. Rown i'n meddwl trio croesi'r ddou frid yn nes ymlaen.'

Roedd Ifan yn llawn diddordeb. 'Ie! Fe allet gael ebolion *tip top* felny. Wel, Huw, diolch i ti nawr, mae'n rhaid i fi fynd.'

'Dwyt ti ddim yn mynd adre nawr?'

'Ydw.'

'Ond bachan, dyw'r sbort ddim wedi dechre 'to!'

Ysgydwodd Ifan ei ben. 'Mae'n rhaid i fi fynd.'

'Cyn iti fynd, Ifan,' meddai Huw, 'y . . . ei di â'r ferlen gyda ti?'

'Ond . . ? Wel – y – ti sy piau hi nawr, Huw.'

'Ie, rwy'n gwybod. Ond fe fydden dda gen i pe byddet ti'n mynd â hi heno . . . fe ddo i i mofyn mewn diwrnod neu ddau . . . pan fydd lle 'da fi'n barod iddi.'

'O gyda phlescr, Huw.'

Yna neidiodd Ifan ar gefn y ferlen a diflannu trwy fwlch y cae.

Aeth Huw Parri hefyd allan o'r cae, a chan osgoi'r ffair a'r stondinau, aeth i lawr y ffordd tua thre.

Pennod 6

Yr oedd Guto'r Gof wedi cyrraedd pabell Joe Batt. Nid oedd dim yn well ganddo na gweld sgarmes dda rhwng dau baffiwr go iawn. Safai dynes dew wrth ddrws y babell. Hi oedd yn derbyn y tairceiniogau a godai Joe am fynediad i'r babell.

Roedd rhyw ddau ddwsin o lanciau'r wlad yn sefyllian o gwmpas, fel pe baent yn awyddus i fynd i mewn, ond yn methu magu digon o blwc i wneud hynny. Dechreuodd y ddynes dew weiddi. 'Dewch nawr fechgyn a merched i weld Joe Batt, *Champion of Glamorganshire and Wales*!'

'Oes rhywun wedi rhoi sialens?' gofynnodd un o'r llanciau.

'Oes, oes, mae'r badl ar fin dechre. Tair ceiniog! Tair ceiniog!'

'Pwy yw e?' gofynnodd llanc arall. Roedden nhw wedi cael eu twyllo o'r blaen – wedi talu tair ceiniog a'r frwydr wedi gorffen cyn iddynt fynd i mewn bron. Roedden nhw am wybod a oedd rhywun go lew yn sefyll Joe Batt cyn madael â'u tairceiniogau prin.

'Twm Harris, Treletert. Mae e yn y *ring* nawr,' meddai'r ddynes dew. Cododd dipyn o odre'r babell i'r llanciau gael gweld drostyn eu hunain.

Yna dyma'r rhuthr yn cychwyn a'r bechgyn yn ymladd am gael bod y cyntaf i 'madael â'i bisyn tair.

'Roedd y *ring* wedi ei chodi ynghanol y babell. Pedwar post wedi eu gyrru i'r ddaear yn solet, â rhaff drwchus yn mynd o un i'r llall.

Pan aeth y Gof i mewn gwelodd fod y ddau baffiwr yn eu corneli. Roedd e wedi gweld Twm Treletert o'r blaen o gwmpas ffeiriau sir Benfro. Dyn garw, wedi bod mewn llawer sgarmes ac – a barnu oddi wrth y creithiau ar ei wyneb – wedi cael y gwaethaf yn y rhan fwyaf ohonyn nhw.

Dywedai rhai fod cytundeb rhwng Twm Treletert a Batt. Mynnai rhai fod Batt yn talu swllt neu ddau i Twm am fentro i'r *ring* i gael cosfa – er mwyn tynnu torf i'r babell.

Ond roedd llygaid pawb – nid ar Twm Harris, ond ar Joe Batt. Yr oedd Joe unwaith wedi bod yn bencampwr sir Forgannwg, wedi curo bechgyn enwog fel Nash a Sturdy a Joc Burns. Ond roedd hynny rai blynyddoedd yn ôl bellach, ac roedd sôn wedi mynd o gwmpas ei fod wedi ei guro unwaith neu ddwy yn ddiweddar.

Clywodd y Gof un o'r llanciau'n dweud yn isel wrth ei ffrind. 'Fe gafodd e ei guro yn ffair Llangyfelach, bythefnos yn ôl.'

'Gan bwy?' gofynnodd ei gyfaill.

'Gan Sioni Sgubor Fawr.'

'Do fe, wir!'

'Mae'n iawn i ti.'

'Ydy Twm Harris yn mynd i sefyll chwarter awr?'

'Na! Fe fydd Batt wedi'i lorio fe cyn hynny, gei di weld.'

Safodd dyn bach a het ddu, galed ar ei ben, i fyny a gweiddi.

'Foneddigion a boneddigesau!' Yna ysgydwodd gloch oedd ganddo yn ei law. 'Mae'n bleser mowr gen i gyflwyno i chi *champion* sir Forgannwg a Chymru – yn y gornel ar y dde – Joe Batt. A heno rŷn ni wedi bod yn ffodus iawn i gael Tom Harris, Treletert, un o fechgyn gore sir Benfro i wynebu'r *Champion*. Pan fydda i'n canu'r gloch nesa', fe fydd yr ymladd yn dechre. Mewn pum munud mi fydda i'n canu'r gloch eto. Dyna fydd diwedd y rownd gynta. Os bydd y sianelswr yn sefyll ar ei draed am dair rownd – dim ond tair, ffrindie – fe fydd yn ennill coron – pum swllt! Dyna i chi dâl go lew am chwarter awr o waith!'

'Dwy i ddim yn meddwl 'ny!' gwaeddodd un o'r llanciau.

Aeth y dyn bach i mewn i'r *ring*. Safodd yn y canol am funud. Edrychodd yn gyntaf ar Joe Batt. Nodiodd hwnnw ei ben. Yna trodd at Twm Treletert a gwnaeth hwnnw'r un peth. Yna gan gamu nôl yn frysiog, canodd y gloch.

Neidiodd Joe Batt ar ei draed a chiciodd y bocs pren yr eisteddai arno, allan o'r cylch. Cododd Twm Harris yn fwy araf.

Yna daeth y ddau ynghyd ar ganol y *ring*. Roedd y ddau'n noeth hyd eu hanner. Ni allai'r Gof dynnu ei lygaid oddi ar gorff Joe Batt. Sylwai ar yr ysgwyddau mawr a'r breichiau cyhyrog. Dyna ysgwyddau a breichiau i drin yr ordd fawr yn yr Efail, meddyliodd! Pen bychan oedd gan y paffiwr ac roedd gwallt ei ben yn grop fel pe bai wedi cael ei gneifio. Roedd creithiau lawer o gwmpas ei wyneb ac roedd ei drwyn yn fflat.

Aeth ochenaid drwy'r dorf pan welon nhw ddwrn y

Champion yn suddo i stumog Twm Harris. Plygodd hwnnw ymlaen, a gwelodd y Gof ei wyneb yn bictiwr o boen. Yna roedd ei ddyrnau yntau'n taro Batt o gwmpas ei ben. Dechreuodd y llanciau weiddi a churo dwylo. Camodd Batt yn ôl, ond daeth ymlaen wedyn. Trawodd Twm Harris ar ei drwyn cam â'i ddwrn chwith ac aeth cryndod trwy gorff y gŵr o Dreletert. Ciliodd yn frysiog yn ôl o'r ffordd. Yn awr pwysai ar y rhaff gan ysgwyd ei ben. Teimlai'r rhai oedd yn gwylio y gallai Batt fod wedi mynd ar ei ôl y funud honno a'i lorio. Ond ni wnaeth. Safodd ar ganol y *ring* â rhyw wên giaidd ar ei wyneb.

Ar ôl i'w ben glirio tipyn daeth Twm Harris yn araf tuag ato. Yna canodd y gloch. Anadlodd y dorf ei rhyddhad.

Ar ôl munud o orffwys roedd y ddau wrthi drachefn. Ond cyn gynted ag y dechreuodd yr ail rownd aeth Batt ati o ddifri. Unwaith eto llwyddodd trwy ei gyflymdra, i daro Twm Treletert yn ei stumog ac yna o dan ei ên. Unionodd corff Twm Harris fel pe bai wedi cael ei saethu, yna cwympodd yn araf i'r llawr. Neidiodd y dyn bach i mewn i'r *ring* a dechrau rhifo. Ond nid oedd angen a dweud y gwir – gorweddai Twm Treletert yn hollol lonydd ar y borfa.

Dechreuodd y dorf chwyrnu.

'Twyll! Twyll!' gwaeddodd rhyw lais dwfn yn ymyl y Gof. Trodd ei ben ac unwaith eto gwelodd y dyn mwyaf a welodd erioed – Twm Carnabwth.

Yna roedd y dyn mawr wedi plygu o dan y rhaff a chamu i mewn i'r *ring*.

'Ewch â hwn o'r ffordd,' meddai, 'fe ymladda i â Mr Batt.'

Aeth y dorf yn ferw gwyllt. Nid oedd pawb yno yn ei adnabod. 'Pwy yw e? Pwy yw e?' holai rhai o'r llanciau.

Llusgwyd Twm Treletert gerfydd ei goesau allan o'r cylch. Erbyn hynny roedd e wedi dechrau dod ato'i hunan.

Taflodd Twm Carnabwth ei siaced i rywun, yna dechrau datod botymau ei grys. Os oedd e'n edrych yn fawr yn ei ddillad, fe edrychai'n anferth ar ôl stripio hyd ei ganol.

Canodd y dyn bach y gloch eto.

Distawodd y dorf yn awr.

'Mae'n debyg fod gyda ni sialens arall i Joe Batt!' gwaeddodd y dyn â'r gloch. 'A ga i'ch enw chi, syr, os gwelwch yn dda?'

'Twm arall,' oedd yr ateb, 'ac nid un mor hawdd ei guro â'r un diwetha!' Roedd y dorf wrth ei bodd.

'Twm beth, syr, os gwelwch chi'n dda?'

'Twm Carnabwth!' gwaeddodd y cawr dros y lle i gyd.

Torrodd siarad uchel allan ymysg y llanciau oedd yn gwrando ac yn gwylio. 'Twm Carnabwth! Carnabwth!' Roedd pawb wedi clywed yr enw. Rhaid bod Joe Batt wedi ei glywed hefyd oherwydd roedd ei lygaid bach yn gwylio Carnabwth yn fanwl iawn.

Unwaith eto canodd y dyn bach ei gloch ac roedd y frwydr rhwng y cawr o sir Benfro a'r *Champion* o Sir Forgannwg wedi cychwyn. Disgynnodd distawrwydd disgwylgar dros y dorf yn awr. Ac am flynyddoedd ar ôl y noson fythgofiadwy honno fe fu sôn yn sir Benfro am y sgarmes rhwng Joe Batt a Twm Carnabwth.

Daeth y ddau baffiwr ynghyd ar ganol y *ring*. Batt oedd y cyntaf i daro. Disgynnodd ei ddwrn de ar ên Twm Carnabwth. Yr oedd hi'n ergyd debyg i'r un oedd wedi llorio'r Twm o Dreletert. Clywodd pawb yn y babell sŵn y dwrn ar wyneb y cawr. Ond ni chafodd yr ergyd unrhyw effaith. Yna trawodd Twm Batt ar ei drwyn fflat. Aeth Joe yn ôl lwyr ei gefn nes taro yn erbyn y rhaff. Roedd yr ergyd wedi ei ysgwyd. Ond nid dyn i gael ei lorio ag un ergyd oedd y *Champion*. Daeth yn ôl i ganol y *ring* â'i ddyrnau i fyny o flaen ei wyneb. Symudodd o gwmpas Twm Carnabwth gan ddisgwyl am ei gyfle i daro. Yna roedd e'n dyrnu'r cawr o gwmpas ei stumog ac roedd ei ergydion yn rhai caled. Gwelodd y dorf Twm yn tynnu wynebau ofnadwy gan y boen. Cododd ei ddau ddwrn gyda'i gilydd uwch ei ben a daeth â'r ddau i lawr ar ben Joe Batt. Yr oedd yn ergyd fel ergyd gordd a syrthiodd Joe i'r llawr.

Er nad oedd y llanciau oedd yn gwylio yn gwybod rhyw lawer am y gelfyddyd o baffio, fe wydden nhw nad oedd ergydion felly'n rhan o'r gelfyddyd, ac nid oedd neb yn synnu clywed Joe Batt yn ysgyrnygu, '*Foul*!' rhwng ei ddannedd pan gododd ar ei draed. Yna roedd e'n ymosod ar Twm Carnabwth eto. Fel pe bai wedi ei gynhyrfu gan yr ergyd ar gopa'i ben – fe ymosododd Joe yn fwy ffyrnig yn awr. Roedd e'n symud yn gyflymach hefyd ac yn llwyddo i osgoi ergydion trymaf ei elyn.

Erbyn diwedd yr ail rownd roedd wyneb Twm Carnabwth yn waed i gyd, a barnai'r dorf mai Joe oedd yn cael y gorau o'r sgarmes. Yr oedd hi'n amlwg erbyn hyn mai ef oedd y mwyaf medrus yn y grefft. Roedd rhai o gwmpas y cylch wedi dechrau betio ymysg ei gilydd. Mynnai rhai nad oedd Carnabwth yn debyg o orffen y rownd oedd ar gychwyn.

Bron ar unwaith llwyddodd Joe Batt i daro'r cawr ar ei drwyn nes bod y gwaed yn llifo. Rhaid fod yr ergyd yma wedi ei frifo'n waeth na'r un arall, oherwydd yn union wedyn fe welwyd ei ddyrnau'n mynd fel melin wynt yn ei ymdrech i ddial ar y *Champion*. Ond yn awr roedd Joe wedi twymo at ei waith ac ni allai Twm gael ergyd arno bron. Collodd ei dymer yn llwyr, ac yn sydyn – pan oedd Batt yn plygu mlaen i'w ddyrnu eto o gwmpas ei gorff – rhoddodd ei ddwy law fawr ar ysgwyddau'r *Champion* a'i hyrddio oddi wrtho. Aeth Batt ar draws y *ring* nes taro'i gefn a'i ben yn erbyn un o'r pyst pren. Yna llithrodd i'r llawr. Mewn winciad roedd Twm wedi mynd ar ei ôl. Cododd Joe Batt yn ffyrnig ar ei draed, yna gan ei ddal wrth ei wddf â'i law chwith trawodd ef â'r dwrn de dro ar ôl tro. Trodd y Gof ei ben i ffwrdd wrth weld dwrn anferth y cawr yn mynd i mewn ac allan. Yna roedd Joe Batt yn gorwedd ar y llawr. Am foment safodd Twm Carnabwth uwch ei ben yn disgwyl iddo godi. Ond ni wnaeth.

Yr eiliad nesaf roedd y ddynes dew yn y *ring* '*Foul! Foul! Foul!*' gwaeddodd â'i llais yn sgrech.

'*Foul!*' meddai dyn bach y gloch, gan ddawnsio o gwmpas fel creadur wedi gwallgofi. Ond roedd pandemoniwm ofnadwy trwy'r babell i gyd erbyn hyn.

Yna roedd pawb yn ceisio dianc allan i'r awyr agored. Y peth diwethaf a welodd y Gof wrth fynd allan oedd y ddynes dew yn eistedd ar lawr y *ring* a phen Joe Batt yn ei chôl – fel mam yn ceisio cysuro'i baban.

Pennod 7

Yr oedd Guto'r Gof yn gweithio'n brysur ar ei eingion, er nad oedd yr un dyn byw yn yr Efail y foment honno. Gan ei bod yn fore tawel, oer fe ellid clywed tincial y morthwyl ar yr eingion drwy'r Pentre i gyd.

Wrth weithio meddyliai'r Gof am y cyfarfod pwysig o "Ferched Beca" yn hen Felin y Ceunant y nos Sadwrn oedd yn dod. Nid oedd ef wedi bod yn segur yn ystod y tridiau a oedd wedi mynd heibio ers y Ffair. Erbyn hyn roedd e wedi siarad â nifer o ffermwyr a gweision ffermydd am y cyfarfod. Ond roedd e wedi bod yn ofalus i beidio â dweud dim wrth y rhai a fyddai'n debyg o redeg ar unwaith at y Sgweier i gario clecs. Gobeithiai'r Gof y byddai'r gŵr bonheddig hwnnw oedd wedi galw i'w weld dan gysgod nos, yn y cyfarfod yn yr hen Felin. Nid oedd ganddo fe gymaint o ffydd yn Twm Carnabwth ar ôl gweld y *foul* ar Joe Batt yn y babell yn y Ffair. Doedd Guto ddim yn ei ffansio ef fel arweinydd i "Ferched Beca".

Pan oedd yn meddwl fel hyn clywodd sŵn "clip, clop" ceffyl yn nesu at yr Efail. Edrychodd drwy'r ffenestr fudr a gweld Huw Parri'r Gwernydd ar gefn Robin, y ceffyl coch, tal.

Cofiodd y Gof ar unwaith i'r gŵr ifanc ddweud wrtho y byddai'n dod i'r Efail i gael pedolau blaen newydd i'r ceffyl. Doedd e ddim yn edrych ymlaen at y gwaith o bedoli Robin oherwydd y tro diwethaf, roedd e wedi gwylltio ac wedi ceisio'i gicio. Ceffyl anodd i'w bedoli oedd e.

Disgynnodd Huw o'r cyfrwy a chlymu'r ceffyl wrth ddrws yr Efail a cherdded i mewn.

'Hylo, Huw!' meddai'r Gof, 'rwyt ti wedi dod – a'r ysbryd drwg 'na gyda ti!' Chwarddodd Huw.

'O falle bydd e'n iawn heddi, Guto, ond i ti fod yn amyneddgar.'

'Rwyt ti'n rhoi gormod o geirch iddo, was,' meddai Guto, 'dyna pam y mae e mor wyllt.'

'Dim ond fi sy wedi galw bore 'ma te, Guto?'

'Ie. Rwyt ti'n lwcus, Huw. Dere ag e mewn – fe awn ni ati i bedoli fe ar unwaith.'

'Ardderchog!' Aeth Huw Parri allan i mofyn y ceffyl. Roedd clustiau'r march yn cyffwrdd â thop y drws. Cyn gynted ag y daeth i mewn a chlywed arogl mwg, a charnau wedi'u llosgi, fe ddechreuodd aflonyddu. Roedd ei lygaid yn rowlio'n wyllt yn ei ben ac fe geisiodd facio'n ôl trwy'r drws i'r awyr agored. Fe geisiodd Huw siarad yn dawel ag ef, ond ysgwyd ei ben yn nerfus a wnâi'r cel coch. Edrychodd y Gof arno.

'Mae e siŵr o fod yn gallu mynd, Huw?' meddai.

'Ydy mae e, a dyw e ddim yn rhoi dim trwbwl i fi . . . ond yn yr Efail.'

'Wel, mae croeso i ti drio rhyw of arall . . .'

'Na! Na! Cha i neb gwell, Guto.'

'Wo-ho boi!' meddai'r Gof gan gamu ymlaen a chydio yn ei goes flaen chwith. Cododd Robin ei ben i'r awyr ond safodd yn llonydd ar dair coes.

'Hym,' meddai'r Gof, 'mae hon wedi treulio tipyn, ond ddim hyd y carn chwaith. Fe'i coda i hi nawr.'

'Ie. Beth oeddet ti'n feddwl o'r ffair 'te, Guto?'

'O, tipyn o dalent, fachgen. Fe aeth yn uchel iawn 'ma cyn hanner nos. Welest ti'r sgarmes rhwng Twm Carnabwth a Joe Batt?'

'Naddo, fe es i adre'n gynnar. Ond fe glywes i mai Carnabwth oedd y mistir.'

'Ie, ar *foul*, Huw. Does dim amheuaeth mai Batt oedd y gŵr gore â'i ddyrne.'

'Ie fe? Mae Carnabwth yn ddyn mawr iawn ond yw e? Dwy i erioed wedi ei weld e.'

'Mae e'n anferth o ddyn – yr un mwya weles i erioed.'

Plygodd eto uwch ben y bedol dreuliedig. Ond cyn iddo gael pinsiwrn amdani, cododd ei ben i wrando.

Clywodd y ddau sŵn carnau nifer o geffylau yn dod tuag at y sgwâr lle roedd yr Efail. Edrychodd y ddau ar ei gilydd, ac yna mynd at y ffenest i weld pwy oedd ar gefn y ceffylau.

'Does dim cŵn hela heddi, oes e?' gofynnodd y Gof.

Ysgydwodd Huw ei ben. Yna fe welon nhw geffylau'n dod i'r golwg heibio i'r tro. Ar eu cefnau yr oedd dynion mewn cotiau cochion â gynnau yn eu dwylo.

'Milwyr!' meddai'r Gof dan ei anadl.

'Be' mae'r milwyr yn neud 'ma te, Guto? gofynnodd Huw.

Cydiodd y Gof yn ei fraich.

'Fentra i bunt â ti eu bod nhw wedi dod 'ma i restio Tomos Bryn Glas.'

'Wyt ti'n meddwl? Am beth?'

'Wyt ti ddim wedi clywed?'

'Naddo fi. Clywed beth?'

'Mai Tomos roddodd gosfa i Mitchell y Gât.'

'Tomos Bryn Glas! Does dim munud i'w golli, Guto!'

'Beth wyt ti'n feddwl?'

'Rhaid i ni ei rybuddio fe.'

Erbyn hyn roedd y ceffylau a'u marchogion wedi mynd heibio'n gyflym am waelod y Pentre.

Ysgydwodd y Gof ei ben. 'Mae'n rhy hwyr nawr, rwy'n ofni.'

'Na,' meddai Huw, 'dyw hi ddim yn rhy hwyr . . . fe alla i . . . ar gefen Robin . . . fynd heibio iddyn nhw . . .'

Edrychodd y Gof arno gydag edmygedd.

'Wyt ti'n fodlon rhoi cynnig arni, Huw?'

'Wrth gwrs.' Roedd Huw wrth ben y ceffyl erbyn hyn ac yn ei arwain allan i'r iard. Yna roedd e wedi rhoi troed yn y warthol ac wedi neidio i'r cyfrwy. Gwasgodd ei sodlau yn ystlysau'r ceffyl ac mewn winc roedd y ddau'n carlamu i lawr y ffordd ar ôl y milwyr.

Ond roedd y rheini wedi cael tipyn o'r blaen arno, ac roedden nhw wedi cyrraedd bron hyd at y lôn oedd yn arwain i Bryn Glas pan ddaliodd Huw nhw. Roedden nhw'n wyth o ddynion a cheffylau ac yn fwy na llond yr heol. Bu rhaid i Huw ffrwyno'r cel coch gan nad oedd ffordd i fynd heibio. Edrychodd y milwyr dros eu hysgwyddau arno ond ni wnaeth yr un ohonyn nhw ystum i symud o'r ffordd. Yna trodd dyn awdurdodol yr olwg yn ôl ato.

'Sarjiant Smith o'r Yeomanry Cavalry,' meddai. Gwelodd Huw ddyn mewn iwnifform goch, lachar a phob botwm yn sgleinio yn yr haul. Ar ei fraich yr oedd tri darn o frêd gwyn.

'Rwy i am fynd heibio, os gwelwch yn dda,' meddai Huw.

'Ga' i ofyn eich busnes chi, syr,' meddai'r Sarjiant yn ffug-gwrtais. 'I ble'r ŷch chi'n mynd mewn cymaint o frys?'

'Does gennych chi ddim hawl gofyn cwestiynau fel 'na i fi, Sarjiant!' meddai Huw, 'gwnewch le i fi basio.'

'Fyddech chi ddim ar eich ffordd i rybuddio rhywun nawr, fyddech chi, syr?'

Edrychodd Huw ar ei wyneb brown fel lledr. Roedd e'n gwenu nawr.

'Rhybuddio rhywun?' gofynnodd y llanc.

'Ie. Doeddech chi ddim ar eich ffordd i Bryn Glas oeddech chi?'

Teimlodd Huw ei hunan yn gwrido.

'Oeddwn!' meddai. Fe wyddai'n awr na fyddai'r milwyr yn gadael iddo fynd i fyny lôn Bryn Glas o'u blaenau. Gwelodd mai ei unig siawns felly oedd mynd *gyda* nhw yn y gobaith y gallai dorri'n rhydd oddi wrthyn nhw a chael cyfle i rybuddio Tomos mewn pryd.

'A!' meddai'r Sarjiant gan wenu eto. 'Dyna lwc onte fe? Fe awn gyda'n gilydd felly.' Gwelodd Huw ef yn wincio ar y lleill.

'Does gen i ddim hawl gofyn i chi beth yw'ch neges chi yn Bryn Glas ond . . .'

'Rwy'n mynd i mofyn merlen brynes i yn y ffair.'

'A! Ymlaen â ni felly. Ymlaen!' Gwaeddodd y gair olaf ar y milwyr.

Ar ben lôn Bryn Glas yr oedd Burrows, ciper y Plas yn sefyll. *'This way, Sergeant Smith,'* meddai.

Roedd popeth wedi ei drefnu'n ofalus, meddyliodd Huw, a gwyddai mai'r Cyrnol Lewis, perthynas agos iddo ef, oedd yn gyfrifol. Edrychodd y ciper yn graff iawn ar Huw. Roedd hi'n amlwg ei fod yn synnu ei weld yn y fath gwmni.

'We shall have to go carefully, Sergeant,' meddai, *'he is a strong, dangerous man.'*

Chwarddodd Sarjiant Smith. *'We have an old saying – that a bullet can make a weakling of the strongest man.'*

Ond aeth ef a Burrows o'r neilltu gyda hyn a bu'r ddau'n siarad yn isel am dipyn. Pan ddaeth yn ôl at y cwmni. *'Quietly now,'* meddai'r Sarjiant, *'Mr Burrows will lead the way.'*

Pan ddaethon nhw i'r tro yn y lôn hanner ffordd rhwng y tyrpeg a Bryn Glas rhoddodd y Sarjiant orchymyn i bawb ddisgyn oddi ar eu ceffylau. Deallodd Huw eu bod yn bwriadu defnyddio'u traed o'r fan honno ymlaen, rhag ofn i sŵn carnau'r ceffylau rybuddio teulu Bryn Glas. Gyrrwyd tri milwr dros y clawdd i'r cae ar y chwith a phedwar arall dros y clawdd gyferbyn ar y dde. Roedden nhw wedi cael gorchymyn gan y Sarjiant i gropian gyda'r cloddiau heb i neb eu gweld, nes oedden nhw'n gylch am y ffermdy. Os gwelen nhw rywun yn ceisio dianc roedden nhw i danio arno. Gadawyd un i ofalu am y ceffylau. Dechreuodd Huw ddyfalu beth oedden nhw'n mynd i'w wneud ag e? Fe gafodd wybod yn fuan iawn.

'Fe fyddwch chi, syr,' (roedd e'n dal i fod yn ffug-gwrtais), 'yn dod i fyny'r lôn gyda fi a Mr Burrows.'

Unwaith eto edrychodd y ciper arno mewn syndod.

'Ond rhaid i ni beidio â brysio, Mr Burrows,' meddai wedyn, *'we mustn't move till the men have had time to surround the farm.'*

Safai'r tri ar ganol y lôn.

'You will have to be careful. This farmer has a lot of sympathisers in these parts,' meddai Burrows.

'Tut! Tut! We are living in wicked times, Mr Burrows. People cannot feel safe in their beds at night these days.'

Edrychai'r Sarjiant yn ffug-ddifrifol ond teimlai Huw ei fod ef yn mwynhau'r holl helynt. Gwelodd y swyddog yn edrych dros y clawdd i gyfeiriad y llechwedd lle roedd y milwyr wedi diflannu. Roedd e'n edrych i weld a oedden nhw yn eu lle. Meddyliodd y llanc – os oedd yn mynd i wneud rhywbeth i rybuddio Tomos Bryn Glas – nawr oedd yr amser.

Yn sydyn dechreuodd redeg nerth ei draed i fyny'r lôn. Ar unwaith clywodd sŵn traed o'r tu ôl iddo. Ond roedd e'n fwy chwimwth na'r ddau oedd yn ei ddilyn.

Gwelodd glwyd clos Bryn Glas yn dod i'r golwg o'i flaen. Fe fyddai yno o flaen y ciper a'r Sarjiant.

I wneud yn siŵr fe daflodd un gip dros ei ysgwydd. Bu'n edifar ganddo ar unwaith. Am ei fod am foment yn edrych tuag yn ôl yn lle cadw ei lygaid ar y ffordd anwastad o'i flaen – fe drawodd ei droed yn erbyn carreg arw oedd â'i phig i fyny o lawr y lôn. Syrthiodd yn ei hyd.

Cyn iddo gael ei draed tano eto roedd y ciper a'r Sarjiant wedi ei ddal. Gwingodd â'i holl nerth i geisio dianc. Yna teimlodd rywbeth caled yn ei ais. Pistol y Sarjiant ydoedd. '*Take hold of his arm, Mr Burrows.*'

Cydiodd y ciper mawr yn dynn yn ei fraich chwith a chydiodd y swyddog yn y llall a'i throi'n greulon y tu ôl i gefn Huw.

'Gan bwyll nawr,' meddai'r Sarjiant, 'yr ydyn ni'n deall ein gilydd o hyn ymlaen.'

'*I'm surprised at you, Mr Parry,*' meddai Burrows, '*I don't know what your mother and the Colonel are going to say.*'

'*Let's go!*' meddai'r Sarjiant, 'a gofala – un gair ac mi fyddi di'n ei chael hi.' Rhoddodd hwb ymlaen i Huw wrth ddweud hyn, ond daliodd ei afael yn ei fraich. Fe ddaethon nhw at glwyd clos Bryn Glas. Roedd pobman yn ddistaw fel y bedd ac nid oedd neb yn y golwg yn unman. O, pam na fydden nhw'n cadw gwyliadwriaeth? meddyliodd Huw.

Yna'n sydyn cerddodd Tomos Jones allan o'r stabal gyferbyn.

'Tomos!' gwaeddodd Huw. Ond bron cyn iddo gael hanner y gair allan roedd llaw fawr y ciper wedi cau am ci enau.

Gwelodd Tomos yn stopio'n stond ar ganol y clos. Wedyn fe welodd y ffermwr y tri dyn wrth y glwyd. Trodd i gyfeiriad yr ydlan. Yno safai milwr mewn gwisg goch, lachar. Gwelodd un arall yn camu allan heibio i dalcen y beudy. Roedden nhw o'i gwmpas i gyd.

'Thomas Jones, I arrest you in the Queen's name!' gwaeddodd y Sarjiant. Yna roedd hanner dwsin o filwyr yn cau am y ffermwr. Agorodd drws y ffermdy, a rhedodd Elin a'i mam allan i'r clos. Safodd y ddwy yn fud wrth weld Tomos yn sefyll fel delw ynghanol cylch o filwyr. Trodd Elin ei phen ac edrychodd i gyfeiriad y glwyd. Yno gwelodd y tri dyn – ciper y Plas, y swyddog yn ei lifrai lliwgar . . . a Huw Parri! Am foment edrychodd mewn penbleth. Yna gwelodd Huw ei hwyneb tlws yn newid i gyd.

'Chi, Huw!' meddai'n ddistaw, ond rywfodd fe'i clywodd hi'n dweud ei enw. Y foment nesaf roedd hi wedi troi a rhedeg yn ôl i'r tŷ. Gwyddai Huw ei bod wedi camddeall popeth . . . roedd hi wedi credu mai ef oedd wedi arwain y milwyr i Fryn Glas! Erbyn hyn roedd Tomos Bryn Glas yn y ddalfa. Nid oedd wedi ymladd dim yn erbyn y milwyr. Roedd ganddo ddigon o synnwyr i wybod nad oedd ganddo obaith dianc beth bynnag.

Pennod 8

Eisteddai'r Cyrnol a Mrs Lewis, Plas y Coedfryn wrth y bwrdd brecwast. Wrth fwyta ei blatiaid arferol o ham a wyau, edrychai'r Cyrnol yn awr ac yn y man, ar draws y bwrdd ar ei wraig. Gwyddai ei bod wedi ei chynhyrfu drwyddi. Gwelodd y llaw a ddaliai'r gyllell uwchben ei phlât, yn crynu. Peth arall, doedd hi, oedd yn arfer bod mor siaradus, ddim wedi torri mwy na dau neu dri gair ag ef y bore hwnnw. Sychodd ei fwstas cringoch â'r napcyn gwyn wrth ei benelin.

'Rhaid i chi beidio â beio'ch hunan, Cathrin,' meddai'r Sgweier, '*it's not your fault, you know*.'

'O!' meddai ei wraig, 'i feddwl fod mab 'y mrawd, mab Richard, druan bach, wedi gneud y fath beth!'

'Ha! Lwyddodd y crwt ddim i neud dim un drwg trwy lwc, Cathrin.'

'Naddo, William, ond does dim diolch iddo fe. Diolch byth fod y Sarjiant wedi bod yn rhy gyfrwys iddo fe. Ond sut galle'r crwt ein bradychu ni felna?'

'Falle bydd hi'n beth da i chi gael gair gyda'i fam. *Have a word with his mother*, Cathrin.'

'Mae cwilydd arna i fynd i'w gweld hi,' meddai Cathrin Lewis yn chwerw.

'Na, na, nghariad i, mae'n rhaid i chi fynd i'w gweld hi. Mae'n rhaid i Huw styried i bwy mae e'n perthyn.'

'Mi alwa i yn y Gwernydd heddi, William.'

'Da iawn. Fe fydda i'n fwy esmwyth 'y meddwl os gnewch chi.'

'Ble mae'r blagard 'na ymosododd ar Mitchell nawr?'

'Mae e siŵr o fod dan glo yng ngharchar Caerfyrddin erbyn hyn.'

'Diolch byth! Mae'n dda i chi alw'r *Cavalry* i mewn.'

'Ie. Un da yw Sarjiant Smith. Dyna'r math o ddynion sydd eisie arnon ni i gadw trefen yn y wlad . . . *law and order, Cathrin, must be maintained at all costs.*'

'Beth fydd yn digwydd iddo fe?'

'Y gosb eitha fedrwn ni, Cathrin – dwy neu dair blynedd o garchar, neu, efalle, *transportation to Botany Bay for several years.* Cosb galed i rwystro'r lleill – *that's what we want.*'

'Y lleill?'

'Ie, Cathrin, mae sibrwd o gwmas y lle . . . fod "Merched Beca" yn mynd i godi yn erbyn y *Gentry* . . . *revolution* – dyna beth fydd gyda ni nesa yn y wlad 'ma, os na allwn ni eu cadw nhw yn eu lle. Rwy i wedi dweud wrth Lord Cawdor fwy nag unwaith ei bod hi'n hen bryd i ni gael milwyr lawr 'ma. Dyna'r unig bobol all gadw *order* . . . dyw'r cwnstabliaid 'ma werth dim. Mae arnyn nhw' ofn eu cysgod . . . a synnwn i ddim nad oes rhai ohonyn nhw'n perthyn i "Ferched Beca"!'

'O, "Merched Beca", William! Ydych chi'n credu fod y fath *gang* yn bod?'

'Maen nhw *yn* bod, Cathrin, coeliwch chi fi. Ac os na chewch chi air mewn pryd â Ffranses eich chwaer-yng-nghyfraith, wyddoch chi ddim na fydd y crwt 'na wedi joino â nhw.'

* * *

71

Roedd Huw Parri yn stablau'r Gwernydd pan glywodd swn geffylau a cherbyd yn dod i lawr y lôn o'r ffordd fawr. Ni chymerodd fawr o sylw o'r swn, oherwydd roedd e'n teimlo'n gythryblus iawn ei feddwl ar ôl yr hyn oedd wedi digwydd y diwrnod cynt.

Ond pan gyrhaeddodd y cerbyd glos y Gwernydd, edrychodd allan drwy'r sieter i weld pwy oedd yno.

Adnabu'r ceffyl a dynnai'r cerbyd ar unwaith – un o geffylau llwydion enwog y Plas. "Brîd y Gleision" fyddai'r Gof yn ddwead am y ceffylau hyn, ac roedd e'n uchel ei glod iddyn nhw. 'Y brîd gore yn sir Benfro,' oedd y ceffylau hyn yn ei farn ef.

Gwelodd Huw Eisac – *coachman* y Plas – yn dringo i lawr o'i sedd ar ben y cerbyd ac yn mynd at ddrws y Gwernydd ac yn curo. Gwelodd y drws yn agor a'i fam yn dod allan. Yna cerddodd hi a'r *coachman* yn ôl at y cerbyd. Agorodd Eisac y drws a bowiodd Cathrin Lewis allan ohono.

Roedd Huw wedi gweld y ddefod yma lawer gwaith o'r blaen. Ni fyddai gwraig fonheddig y Plas byth yn gadael y cerbyd nes byddai ei fam wedi dod allan i'w chymell i mewn i'r tŷ.

Yna roedd ei fam yn mynd o flaen Mei Ledi am ddrws ffrynt y Gwernydd unwaith eto.

Fe allai Huw ddyfalu'n hawdd beth oedd ei neges. Go anaml y byddai hi'n galw i weld ei chwaer-yng-nghyfraith, oni bai fod rhyw gŵyn ganddi, neu rhyw glecs eisiau eu hel.

Gwelodd Eisac yn dringo'n ôl i ben y cerbyd ac yn gyrru ymaith. Roedd Madam yn bwriadu aros i de felly, meddyliodd. Penderfynodd nad oedd yn mynd i frysio o gwbwl i mewn i'r tŷ.

*   *   *

Eisteddai Cathrin Lewis a Ffranses Parri yng nghegin orau'r Gwernydd, wrth danllwyth o dân braf. Rhyngddyn nhw yr oedd bwrdd bach crwn a lliain gwyn drosto. Ac ar y lliain gwyn yr oedd rhai o lestri gorau'r Gwernydd, wedi eu tynnu allan o barch i wraig fonheddig y Plas.

Ar ôl tipyn o fân siarad fe ddaeth Ledi'r Plas at ei phwnc.

'Ffranses,' meddai, 'y . . . nawr beth am yr hogyn Huw 'ma?'

'Beth amdano fe, Cathrin?' gofynnodd Mrs Parri mewn peth syndod.

'Ŷch chi ddim wedi clywed 'te, Ffranses?'

'Clywed beth?'

'Ie, wel, mae'n debyg mai ei fam fydde'r ola i ga'l gwbod.'

'Cathrin! Ca'l gwbod beth er mwyn dyn? Ydy e wedi gneud rhyw ddrwg?'

'Wedi gneud rhyw ddrwg? Ffranses, wrth gwrs ei fod e wedi gneud drwg.'

'Beth mae e wedi neud, Cathrin. Dwedwch wrthw i, alla i ddim diodde i chi nghadw i ar binne bach fel hyn.'

'Mae e wedi torri'r Gyfreth yn un peth, Ffranses, mae'n ddrwg gen i ddweud.'

'O na! Ym mha ffordd mae e wedi torri'r Gyfreth?

Mae'n anodd gen i gredu . . . mae Huw'n fachgen da . . . mae e'n dda i' fam . . . Beth mae e wedi neud?'

Roedd Mrs Parri, er na fyddai hi byth yn arfer amau ei chwaer-yng-nghyfraith fonheddig, yn dechrau poethi dros ei mab.

'Fe geisiodd rwystro'r milwyr rhag arestio'r dihiryn 'na – Tomos Bryn Glas ddoe – y dyn 'na ymosododd ar Mitchell . . .'

Anadlodd Mrs Parri anadl o ryddhad. O, meddyliodd, dyw hynny o drosedd ddim yn un mawr iawn. Rhaid bod gwraig y Plas wedi darllen ei meddyliau.

'Oni bai ei fod e'n fab i Richard,' meddai, 'fe fyddai wedi cael ei arestio a'i daflu i garchar.'

Ond erbyn hyn roedd gwraig y Gwernydd yn hanner gwenu. Dyna'r union beth a wnâi Huw, meddyliodd – helpu rhywun oedd mewn trwbwl.

Wrth gwrs, byddai rhaid iddi siarad ag e i'w rybuddio i fod yn ofalus ac i gofio pwy oedd.

Gwelodd Ladi'r Plas yr hanner gwên, a dechreuodd deimlo'n ddig iawn. Nid oedd pethau'n mynd fel roedd hi wedi cynllunio o gwbwl. Gwgodd am foment i'w chwpanaid te. Yna edrychodd yn syth i lygaid ei chwaer-yng-nghyfraith.

'Rwy i wedi bod yn holi tipyn o hanes Huw, Ffranses. Roedd Eisac y *Coachman* yn dweud ei fod e'n *caru*.'

'Caru?' Ar unwaith roedd gwraig y Gwernydd yn ofid i gyd.

'Ie, dyna ddwedes i, Ffranses,' meddai gwraig y Plas yn swta.

'Dyw e ddim! Neu fe fu'swn i wedi cael gwbod. Mae e'n dweud y cwbwl wrth ei fam.'

74

'Mae e'n caru, Ffranses. Ac mae'n ddrwg gen i ddweud ei fod e'n caru â rhywun ymhell islaw ei safle fe mewn bywyd.'

'Pwy? Ydw i'n ei nabod hi?'

'Merch y dyn ofnadw 'na, Tomos Bryn Glas, sy nawr yng ngharchar Caerfyrddin.'

'O na!'

'Mae'n wir, Ffranses. Mae 'na ddigon wedi ei weld e'n ei hebrwng hi . . .'

'O Cathrin fach . . . maddeuwch i fi am eich ame chi . . . ond rwy'n gwrthod credu'r fath beth!'

I Ffranses Parri roedd y newydd fod Huw'n caru merch Bryn Glas yn newydd llawer mwy difrifol na'r newydd ei fod e wedi ceisio rhwystro'r milwyr rhag arestio'i thad. Roedd ganddi hi lawer o gynlluniau ar gyfer Huw. Roedd hi'n aml yn ceisio dyfalu wrthi 'i hunan pa un o ferched y "Gwŷr Mawr" fyddai'n gwneud gwraig deilwng i'w mab. Roedd hi wedi ystyried Dorothy, merch hardd y boneddwr William Chambers, o Gaerfyrddin. Esther merch Syr John Trefor, ac yn wir, roedd hi wedi breuddwydio y gallai Rachel, merch hynaf yr Arglwydd Cawdor ei hun golli ei chalon i Huw'r Gwernydd. Lawer gwaith roedd hi wedi teimlo'n ddig wrth ei chwaer-yng-nghyfraith na fuasai hi wedi gwahodd Huw a hithau i'r ciniawau mawr yn y Plas, fel y gallai'r llanc gael cyfle i gwrdd â merched y Gwŷr Mawr. Ac yn awr am unwaith yn ei bywyd mentrodd geryddu Cathrin Lewis.

'Wel,' meddai'n chwerw, 'dyw ei berthnase agosa ddim wedi rhoi cyfle iddo gwrdd â merched y *Gentry*. Dyna pam, mae'n debyg, mae e wedi gorfod dewis merch i ffermwr tlawd – dyw e byth yn cael cyfle i gwrdd â neb gwell.'

Roedd llaw ddelicet gwraig y Plas ar fin rhoi darn o gacen yn ei cheg. Ond wedi clywed y geiriau hyn rhoddodd y darn yn ôl ar ei phlât. Am foment ni allai gredu fod Ffranses Parri wedi mentro ei chyfarch hi fel hyn. Ond wedyn gwyddai fod yr hyn roedd hi wedi 'i ddweud yn wir. Doedd hi a'i gŵr ddim byth bron yn gwahodd gwraig a mab y Gwernydd i'r nosweithiau mawr yn y Plas pan fyddai gwŷr a merched bonheddig yr ardaloedd yn dod ynghyd.

'Wel, Ffranses,' meddai'n ddigon cyfeillgar, er syndod i'w chwaer-yng-nghyfraith, 'efalle fod 'na rywfaint o wir yn yr hyn 'rŷch chi'n ddweud. Mae'r hogyn Huw 'ma wedi tyfu'n ddyn heb yn wybod i William a finne rywsut. Y . . . fe fydd rhaid i ni eich cael chi i'r Plas yn fwy amal. Gobeithio nad yw'r caru 'ma â merch Bryn Glas ddim wedi mynd yn rhy bell, Ffranses, dyna i gyd.'

Ysgydwodd gwraig y Gwernydd ei phen.

'Na, na,' meddai, 'fydd Huw ddim yn mynd ar ôl honna yn groes i ewyllys ei fam.'

'Gobeithio hynny wir! A gofalwch na fydd e'n tynnu'n teulu ni lawr ragor trwy wneud pethe fel gwnaeth e prynhawn ddoe. Gyda llaw, ble mae e?'

'O mae e obutu'r lle ma rywle. Mae'n rhaid nad yw e ddim wedi'ch gweld chi'n cyrra'dd. Fe af i i weiddi arno fe nawr.'

*   *   *

Am dipyn o amser ar ôl i'r *coachman* ymadael, bu Huw'n meddwl sut i wynebu ei Fodryb Cathrin a'i fam. Gwyddai yn ei galon y byddai'r ddwy yn siŵr o'i ddifrïo'n ddi-ben-draw am yr hyn oedd wedi digwydd y diwrnod cynt. Yn sydyn penderfynodd fynd i rywle o'r ffordd nes byddai ei Fodryb wedi mynd. Cofiodd fod Robin yn dal heb ei bedoli. At hynny fe deimlai awydd cryf i egluro i'r Gof beth oedd wedi digwydd rhyngddo ef a'r milwyr, a sut roedd e wedi methu â rhybuddio Tomos Bryn Glas mewn pryd.

Yn ddistaw bach arweiniodd Robin allan o'r stabal. Ar ôl rhoi ffrwyn a chyfrwy arno, arweiniodd ef i fyny'r lôn am ryw ugain llath. Yna neidiodd ar ei gefn, a chyn bo hir roedd e ar y ffordd fawr yn gyrru i gyfeiriad yr Efail.

Dim ond hogyn bach carpiog tua'r deg oed oedd gyda'r Gof pan gyrhaeddodd. Roedd hwnnw wedi galw i gael pedolau newydd dan ei glocs. Clymodd Huw'r ceffyl coch wrth y drws ac aeth i mewn. Roedd y Gof yn hoelio'r bedol olaf ar y lest yn ymyl y ffenest.

Trodd i wynebu Huw Parri, ond ni ddywedodd air. 'Dyma ti, Dai bach,' meddai wrth yr hogyn; 'nawr cymer ofal o'r pedole newy 'ma – dim cico cerrig na dim byd felna nawr, cofia.'

Cymerodd y crwt bach ei glocsen a'i rhoi am ei droed.

'Fe fydd mam yn galw i dalu,' meddai. Yna rhedodd allan fel petai'n falch o gael bod yn rhydd unwaith eto.

Ar ôl iddo fynd fe fu distawrwydd rhwng Huw a'r Gof.

'Fe fethes i ei rybuddio mewn pryd, Guto,' meddai Huw.

'O ie? Beth ddigwyddodd te, Huw?' Roedd y Gof yn swnio'n gecrus.

'Fe ges i'n rhwystro gan y milwyr. Roedden nhw'n llond yr hewl ac roedden nhw'n gwrthod gadel i fi basio.' Roedd ei eiriau'n swnio'n gloff iddo. Yna dechreuodd adrodd yr hanes heb gelu dim. Gwrandawodd y Gof yn astud. Pan ddaeth Huw i ddiwedd y stori, fe ddywedodd.

'Os taw felna buodd hi, Huw – wel – fe wnest dy ore. Alla i ddim gweld sut y gallet ti 'neud dim mwy nag a wnest ti.'

'Ond Guto, mae Elin yn credu mai fi arweiniodd y milwyr i Bryn Glas!'

Daeth rhyw hanner gwên dros wyneb y Gof.

'Wyt ti'n ei charu hi, fachgen?'

'Ydw. A does arna i ddim cwilydd cyfadde hynny . . .'
Ond roedd e'n gwrido serch hynny.

'Lodes fach bert yw hi hefyd.'

'Ie.'

'A hen un fach ffein hefyd, Huw. Pe bawn i – faint – bymtheg mlyne'n ifancach – fe gaet ti ras!'

'Ras! Fydda i ddim yn y ras mwy mae arna i ofn. Fydd hi byth yn credu mai dod i rybuddio'i thad oedd 'y mwriad i. A dwy i ddim yn ei beio hi, Guto. Beth alle hi gredu wrth 'y ngweld i'n sefyll wrth y glwyd fanny gyda'r ciper a'r Sarjiant? Mi fu'swn i wedi meddwl yr un peth yn hunan.'

Am foment edrychodd y Gof i ddwfn ei lygaid.

'Huw,' meddai wedyn, 'mae 'na ffordd i neud iddi

gredu. Yn un peth fe fydda i'n dweud wrthi'r cyfle cynta ga i, sut y bu pethe. Ond – y – mae 'na le gofidus iawn yn Bryn Glas heddi, Huw; ac os caret ti neud rhywbeth ynglŷn â hynny . . . mae na ffordd. Mae Tomos ei thad wedi'i ddala nawr ac wedi mynd i garchar Caerfyrddin. Am beth? Am ei fod e wedi protestio yn erbyn y tollbyrth a'r tlodi . . . ble rwyt ti'n sefyll ar y cwestiwn 'na, Huw?'

Ysgydwodd Huw 'i ben, ond ni ddywedodd air.

'Yn yr wythnosau nesa ma, fe fydd rhai eraill yn cael mynd i garchar am droseddau tebyg i un Tomos Bryn Glas. Fe fyddan nhw – fel Tomos – yn cael mynd i garchar am nad oes 'na ddim digon o bobl yn barod i sefyll gyda'i gilydd yn erbyn y tollbyrth a phob cam arall . . . pe bydde *pawb* gyda'i gilydd yn gweithredu – fydde 'na ddim digon o le yn y carchar iddyn nhw i gyd. Wedyn fe fydde'r Llywodreth yn gweld ein bod ni wedi cael digon ar gael ein camdrin a'n starfo.'

Edrychodd Huw yn syn arno. 'Oes rhywbeth y galla i neud?' gofynnodd.

'Oes, mae e. Rwyt ti'n un o'r *pawb* 'na. Rwyt ti'n un o ffermwyr sir Benfro sy'n gorfod talu'n ddrud am fynd trwy'r tollbyrth.'

'Wel?'

'A wyt ti'n fodlon sefyll gyda ni? Wedyn falle gallwn ni hawlio ca'l Tomos Bryn Glas mas o'r carchar. Wedyn fe fydd Elin yn credu mai ceisio rhybuddio'i thad yr oeddet ti ac nid arwain y milwyr ato.'

'Rwy i gyda chi, Guto,' meddai Huw.

'Da was!' meddai'r Gof, 'nawr rwy i am i ti ddod, nos yfory, lawr i hen Felin y Ceunant . . . fe fydd cyfarfod . . . mae gŵr bonheddig 'na ŵyr neb 'i enw fe, na ble mae e'n byw . . . ond mae e'n ŵr bonheddig doeth a chyfrifol iawn . . . ac fe fydd e'n dod, gobeithio, nos yfory i roi arweiniad i ni.'

Fe deimlai Huw'n gynhyrfus iawn. Roedd y newyddion hyn wedi disgyn ar ei ben mor sydyn. Mynd lawr i hen Felin y Ceunant? Roedd y peth yn swnio'n rhyfedd iawn.

'Os na fyddi di yno fe fyddwn ni'n gwbod ar bwy ochor rwyt ti,' meddai'r Gof, ac roedd min ar ei lais, 'a chofia, os daw'r Sgweier i wbod am y cyfarfod 'ma fe fyddwn ni'n gwbod yn go dda pwy fuodd yn cario clecs.'

'Fydda i ddim yn cario clecs, Guto,' meddai Huw, 'rwy i wedi addo dod i'r cyfarfod 'na – af fi ddim nôl ar 'y ngair.'

'O'r gore,' meddai'r Gof, 'dere â'r ceffyl coch mewn i ni gael rhoi un cynnig arall ar ei bedoli fe.'

Pennod 9

Daeth y nos Sadwrn – noson y cyfarfod yn hen Felin y Ceunant. Roedd hi'n noson oer, dawel ac roedd llwydrew o gwmpas ym mhob man. Nid oedd cwmwl yn yr awyr a disgleiriai'r sêr yn yr awyr fel gemau. Nid oedd y lleuad wedi codi eto ond roedd awyr y dwyrain yn olau, yn arwydd ei bod hi ar fin gwneud.

Pe bai gwylwyr ar ffyrdd a llwybrau troellog y wlad y noson honno, fe allen fod wedi gweld cysgodion o ddynion yn dirwyn eu ffordd yn llechwraidd i lawr tua'r Ceunant lle safai'r hen Felin yn wag a thywyll.

Ond doedd hi ddim yn dywyll pan gyrhaeddodd y Gof, ychydig funudau cyn wyth o'r gloch. Wrth nesau at y drws gallai weld golau gwan yn y ffenestri a hwnnw'n symud dros y gwe pry cop oedd yn rhwydi llwydion arnyn nhw i gyd.

Camodd y Gof yn ddistaw at y drws, a oedd ar agor. Cyn mynd i mewn fe arhosodd i sbïo heibio i ffrâm y drws i weld beth oedd yn ei ddisgwyl. Gwelodd bedair cannwyll dew wedi eu gosod ar y llawr mewn gwahanol fannau. Rheini oedd yn rhoi'r golau ansefydlog a welsai yn ffenestri'r hen felin.

Gwelodd hefyd fod rhywrai wedi cyrraedd o'i flaen. Yr oedd pedwar yn yr ystafell, ac er syndod mawr i'r Gof roedden nhw wedi gwisgo dillad merched ac wedi duo'u hwynebau. Yn wir, fe allai fod wedi ei dwyllo mai merched oedden nhw onibai fod un ohonyn nhw yn anferth o faint. Er bod hwnnw wedi ei wisgo fel dynes, fe wyddai ar unwaith mai'r cawr a fu'n ymladd â Joe Batt ydoedd – Twm Carnabwth!

Rhain yw 'Merched Beca' felly, meddai wrtho'i hunan. Teimlodd ei galon yn curo'n gyflymach, oherwydd roedd rhywbeth yn frawychus yn yr olygfa o'i flaen. Yna clywodd sŵn traed y tu ôl iddo. Troes ei ben a gwelodd Ifan Bryn Glas.

'Ifan!' sibrydodd y Gof, 'doeddwn i ddim yn dy ddisgw'l di.'

'Fe ddwedodd Nhad wrthw i, Guto. Fydda' i ddim o'r ffordd bydda i?'

Rhoddodd Guto ei law gref am ei ysgwyddau tenau. 'Rwy'n falch dy fod ti wedi dod, Ifan. Mae'n iawn i ti fod yma i gymryd lle dy dad.'

Teimlodd yr ysgwyddau cul yn unioni a gwyddai fod y geiriau hyn wedi plesio'r llanc. Rhaid ei fod yn teimlo i'r byw ynghylch ei dad, meddyliodd.

'Roedd yn ddrwg iawn gen i glywed fod y milwyr wedi ei gymryd e, fachgen,' meddai'n uchel.

Rhaid bod y pedwar yn yr ystafell fwll wedi clywed ei lais. 'Dewch mewn, gyfeillion!' meddai llais mawr o'r tu fewn.

Llais Twm Carnabwth, meddai'r Gof wrtho'i hunan. Gwthiodd Ifan o'i flaen i mewn i'r hen adeilad.

'A!' meddai un o'r "Merched", 'croeso i chi. Mae'n dda iawn gen i eich bod chi wedi dod.' Adnabu Guto'r llais hwnnw hefyd – llais y gŵr bonheddig na wyddai mo'i enw, oedd wedi bod yn ei weld gyda Twm

Carnabwth. Yr oedd e wedi dod felly! Fe deimlai'r Gof yn falch.

'Rwy'n ofni fod gen i newydd drwg,' meddai'r Gof wrtho'n blwmp.

'O?' meddai'r gŵr bonheddig, 'newydd drwg oes e?'

'Oes. Mae Tomos Jones, Bryn Glas wedi ei gymryd gan y milwyr.'

'Tomos Jones, Bryn Glas? Y . . . dwy i ddim yn meddwl . . ?'

'Y dyn ymosododd ar Mitchell, Ceidwad Gât y Pentre.'

'A! Rwy'n deall. Mae'n ddrwg iawn gen i glywed. Nawr fe fydd rhaid i chi fynd at ei deulu . . .'

'Mae ei fab e yma gyda fi, mae e wedi dod yn lle ei dad,' meddai'r Gof.

'A! Dyna'r ysbryd sy' eisie arnon ni.' Trodd y dyn dierth mewn gwisg merch i edrych ar Ifan. 'Beth yw dy enw di, fachgen?'

'Ifan, syr,' meddai'r llanc.

'Wel, nawr . . .' Ond cyn iddo fynd ymlaen roedd tyrfa o ryw wyth o ffermwyr wedi cyrraedd yr hen Felin, a dechreuodd pawb siarad ar draws ei gilydd. Cyn gynted ag yr oedd y Gof wedi cael cyfle i nabod pawb yng ngolau gwan y canhwyllau, fe ddaeth hanner dwsin arall i mewn drwy'r drws. Fel hynny y bu hi wedyn – dau neu dri newydd yn cyrraedd ac yn ymuno â'r cwmni. Bron yr olaf i gyrraedd oedd Huw Parri. Rhifodd y Gof wyth-ar-hugain o ffermwyr a thyddynwyr bach yr ardal wedi dod ynghyd i'r cyfarfod pwysig yma.

Fe geisiodd Huw Parry glosio at ei gyfaill, Ifan Bryn Glas, ond symudodd Ifan ymaith oddi wrtho i gwmni rhai o'r lleill.

Yna roedd Twm Carnabwth yn sefyll ar ganol y llawr ac yn gweiddi am ddistawrwydd.

'Gyfeillion,' meddai, 'croeso i chi bob un. Rydyn ni'n ffodus iawn i ga'l yma gyda ni, ŵr bonheddig – sy'n dewis bod yn anhysbys neu yn ddi-enw am y tro. Fe yw arweinydd "Merched Beca" ac mae e am gadw'i enw'n gyfrinach. Mae rheswm da dros hyn, cofiwch. Os collwn ni'n harweinydd – os caiff e'i arestio – fe fydd ar ben arnon ni. Ac os caiff un ohonon ni ei 'restio fe fydd yr awdurdode'n gneud eu gore i'n gorfodi ni i ddweud enw'r arweinydd; ond tra bydd ei enw fe'n gyfrinach, fedrwn ni, ddim un ohonon ni – roi'r enw iddyn nhw. Dyna pam mae e wedi gadel ei enw iawn gartre. I ni mwy ei enw fe fydd "Rebeca". A nawr mae'n bleser gen i alw ar "Rebeca" i'n hannerch ni.'

Yr oedd distawrwydd llethol yn y felin yn awr. Dringodd "Rebeca" i ben hen gist flawd wag oedd yn sefyll yn erbyn mur pellaf yr ystafell.

'Fechgyn,' meddai mewn llais mwyn, clir, 'a dyma'r tro ola y bydda i'n eich galw chi'n fechgyn, cofiwch. O hyn ymla'n "Merched Rebeca" fyddwch chi os ydych chi'n barod i 'nilyn i. Mae merch fwya "Rebeca", – ac fel y gwelwch chi mae hi'n fawr iawn!' Torrodd chwerthin allan ymysg y rhai oedd yn gwrando. Ond aeth y siaradwr yn ei flaen. 'Wedi dweud wrthoch chi mod i am beidio rhoi gwybod i neb pwy ydw i. Ond rwy i am i chi wybod cymaint â hyn, serch hynny. Rwy'n ddyn gweddol gefnog, ac fe allwn i pe bawn i'n dewis, droi ymysg gwŷr bonheddig y sir 'ma – y "Gwŷr Mowr" os mynnwch chi. Ond dwy i ddim yn dewis gneud, oherwydd rwy wedi teimlo ers amser maith fod y ffermwr a'r gweithwr cyffredin yn cael ei wasgu a'i dagu gan y bobol yma, sy'n byw'n gyfforddus yn eu plasau mawr. Erbyn hyn, rwy'n teimlo'n siŵr fod yr amser wedi dod i'r bobol gyffredin gael mwy o whare teg. Dyna pam rwy i wedi cynnig ŷn hunan fel arweinydd i "Ferched Beca". Y peth cynta i neud yw cael gwared o'r tollbyrth, ac rwy'n gobeithio y byddwch chi'n barod i fentro ma's y nos pan fydda i'n galw arnoch chi – i chwalu'r gatiau 'ma sy wedi bod yn gymaint o fwrn ar y wlad. Rwy'n gobeithio y bydd ein mudiad ni – sef mudiad "Merched Beca" – yn tyfu'n ddigon cryf i roi diwedd ar anghyfiawnder, ac ar y tollbyrth am byth. Ond, mae'n rhaid i fi eich rhybuddio chi – fe fydd yr Awdurdode'n gneud popeth i'n rhwystro ni; fe fyddan nhw'n rhoi'r cwnstabliaid a'r milwyr ar ein trywydd ni, ac fe fydd yna gynnig tâl i unrhyw un fydd yn barod i'n bradychu ni. Fe gynhigiwyd hanner can-punt am wybodaeth am y bechgyn a chwalodd gât Efail Wen, ond ddaeth neb ymlaen i hawlio'r arian. Cyn mynd o 'ma heno fe fyddwn ni'n gofyn i chi dyngu llw na fydd yr un ohonoch chi – o dan unrhyw amgylchiad – byth yn bradychu un o "Ferched Beca" i'r Awdurdode.

Wedi dweud hynna, rwy i am i chi wbod ein bod ni wedi penderfynu chwalu gât y Pentre mor fuan ag sy'n bosib. A dweud y gwir, roeddwn i wedi meddwl ei chwalu hi ryw noson wythnos nesa. Ond heno, ar ôl dod 'ma rwy i wedi cael y newydd fod un ffermwr o'r ardal 'ma wedi ei ddwyn i garchar yng Nghaerfyrddin am daro Ceidwad Gât y Pentre . . . Tomos Jones, Bryn Glas yw ei enw e . . .'

Aeth sibrwd trwy'r dorf oedd yn gwrando arno. Roedd llawer ohonyn nhw yn clywed am y tro cyntaf am yr hyn oedd wedi digwydd. Aeth y siaradwr ar ben yr hen gist flawd ymlaen.

'Fel y dwedes i, rown i wedi meddwl gadael yr ymosodiad ar Gât y Pentre tan wythnos nesa. Ond rwy'n meddwl nad oes dim amser i'w wastraffu, os ydyn ni'n mynd i helpu Tomos Jones. Rwy'n deall mai'r unig dyst yn erbyn y ffermwr yw'r Ceidwad ei hunan – dyn o'r enw Mitchell, ac mae gen i syniad y gallai rhai o "Ferched Beca" godi digon o ofn arno fe, fel na fydd e ddim yn barod i roi tystiolaeth . . .'

'Eitha reit!' gwaeddodd Twm Carnabwth, 'rwy'n cynnig ein bod ni'n mynd ati heno. Fe goda i dipyn o ofn ar y gwalch!'

'Ie! Ie! Heno amdani!' gwaeddodd rhai o'r lleill.

'Tawelwch!' gwaeddodd y dyn ar ben y gist. 'O'r gorau, gwrandewch yn astud arna i. Gan ein bod ni wedi penderfynu ymosod heno, fe fydd rhaid i ni ddwyn y cyfarfod yma i ben cyn gynted ag y gallwn ni. Pan ewch chi o 'ma rwy am i chi fynd adre bob un, ac os yw hi'n bosib i chi ddod o hyd i ddillad merched, gwisgwch nhw. Yna, mynnwch dipyn o barddu o'r simdde i dduo'ch wynebau. Wedyn dewch â bwyelli a chyllyll – a drylliau os oes rhai gyda chi. Rwy i am i bawb ymgynnull yn ddistaw bach wrth ymyl Gât y Pentre yn union am un-ar-ddeg o'r gloch. Dewch yno ar droed neu ar gefn cyffyle. Ond cadwch y cyffyle oddi ar y ffordd fawr pan ddewch chi'n agos i'r Gât, rhag ofn y bydd sŵn pedolau'n tynnu sylw. Y llw fydda i am i bob un ei dyngu yw hwn . . . Na fydd e byth yn bradychu un o "Ferched Beca" â gair na gweithred. Yn ail – na fydd e byth yn anufuddhau i alwad "Rebeca" ddydd na nos. Ond gan fod ein hamser ni bellach yn brin fe adawn ni'r llw tan y cyfarfod nesa. Mae hi nawr yn hanner awr wedi wyth neu rai munudau'n rhagor. Felly mae gynnon ni ddwy awr dda i baratoi. Cofiwch fod yn brydlon wrth y glwyd. Ac ar ôl cyrraedd fe fydd rhaid gweithio'n gyflym. Fe fydd rhaid ei bod hi'n yfflon ac wedi ei chlirio oddi ar y ffordd cyn hanner nos. Rwy'n dweud hyn am ei bod hi'n ddydd Sul fory, a fydd "Merched Beca" byth yn gweithredu ar y Saboth tra bydda i'n arweinydd iddyn nhw.' Roedd rhyw awdurdod yn ei lais yn awr.

'O'r gore ffrindie, dyna ddigon o *siarad* am y tro. Mae'r amser wedi dod i weithredu bellach. Byddwch yn ddewr, oherwydd heno fe fyddwch chi'n taro ergyd dros ryddid ac yn erbyn tlodi ac anghyfiawnder. Nawr, cyn ein bod ni'n gwahanu, oes gan rywun gwestiwn?'

Syrthiodd distawrwydd llethol dros yr hen Felin. Am foment hir safodd y dyn di-enw ar ben y gist yn disgwyl cwestiwn. Yna clywodd pawb yn glir sŵn un o estyll pwdr yr hen Felin yn gwichian. Roedd troed rhywun wedi pwyso arni! Daeth y sŵn o gyfeiriad y cyntedd lle roedd hi'n dywyll. Mewn fflach roedd y ddwy "ferch" oedd wedi dod gyda Twm Carnabwth a'r Arweinydd wedi mynd am y drws. Yna clywodd y rhai oedd ar ôl sŵn sgathru a daeth y ddwy "ferch" yn ôl â dwy ferch arall gyda nhw. Adnabu'r rhan fwyaf o'r rhai oedd yn bresennol y ddwy ar unwaith. Sara Jones, Bryn Glas ac Elin ei merch oedd yno. Daeth yr Arweinydd i lawr o ben y gist. Edrychodd ar Twm Carnabwth â golwg gythryblus iawn ar ei wyneb. Safai'r ddwy ddynes yn awr ar ganol y llawr yn edrych o'u cwmpas yn syn ac yn ofnus yr un pryd.

'Rwy'n nabod rhain, syr,' meddai'r Gof, 'Sara Bryn Glas, gwraig Tomos sy' yng ngharchar Caerfyrddin, a'i merch Elin . . . wn i ddim sut daethon nhw 'ma.'

'Dilyn Ifan wnaethon ni. Fe ballodd ddweud wrthon ni ble'r oedd e'n mynd heno ac roedden ni'n gofidio. Wrth ei ddilyn e o hirbell fe ddaethon ni 'ma,' meddai Sara.

'Faint sydd er pan ŷch chi wedi bod yn gwrando yn y drws 'na?' Gofynnodd Twm Carnabwth yn ffyrnig.

'Yn ddigon hir i glywed eich cynllunie chi,' atebodd Sara. 'Ond fe allwch chi fod yn esmwyth eich meddwl, na fyddwn ni'n dwy ddim yn eich bradychu chi. I'r gwrthwyneb, os gallwn ni neud rhywbeth i'ch helpu chi – fe wnawn.'

Roedd Elin wedi gweld Huw Parri yn y cwmni. Edrychodd yn ddig arno. Yna dywedodd yn uchel.

'Rwy'n synnu gweld perthynas i wraig y Sgweier gyda chi 'ma. Ydy e wedi dod 'ma i sbïo dros y Cyrnol Lewis? Fe fydd rhaid i chi fod yn ofalus – mae e wedi bradychu Nhad i'r milwyr yn barod.'

Y distawrwydd llethol eto.

'Perthynas i'r Sgweier?' meddai'r Arweinydd yn isel. Roedd e'n amlwg wedi ei gynhyrfu, 'pwy ddaeth ag e 'ma?'

'Fi,' meddai'r Gof, 'ond dyw'r hyn mae'r ferch yn ei ddweud ddim yn wir.'

'Ydy mae e'n wir!' meddai Sara Bryn Glas yn chwerw, 'roedd e'n sefyll wrth fwlch y clos gyda'r milwyr pan ddalion nhw Tomos. Fe weles i e â'n llyged ŷn hunan.'

'Er mwyn gneud whare teg â Huw Parri'r Gwernydd,' meddai'r Gof, gan godi ei lais a throi at y cwmni i gyd . . . 'roedd e yn yr Efel gyda fi, pan welon ni'r milwyr yn pasio ar gefn ceffyle. Fe gynigiodd Huw Parri fynd ar gefen ei geffyl ei hunan i rybuddio Tomos Bryn Glas. Ond fe wrthododd y milwyr – y Sarjiant yn enwedig – a gadel iddo basio. Fe gafodd ei orfodi i fynd gyda nhw i fyny lôn Bryn Glas. Hanner y ffordd lan fe geisiodd ddianc o'u gafel nhw ond fe fethodd. Pan oedd e'n sefyll wrth fwlch clos Bryn Glas roedd Burrows y Ciper yn cydio mewn un fraich iddo a'r Sarjiant yn cydio yn y llall. Felly, fel y gwelwch chi, nid bradychu Tomos Jones wnaeth y bachgen, ond ceisio'i rybuddio fe mewn pryd.' Yna gan droi at yr Arweinydd. 'Fi sy wedi gofyn iddo fe ddod 'ma heno, a fu'swn i ddim wedi gneud hynny pe bawn i'n ame am funud y bydde fe'n bradychu "Merched Beca".'

'Tawn i'n meddwl fod bradwr yn ein mysg ni . . .' meddai Twm Carnabwth yn fygythiol.

'Na, na, gyfaill, mae gan "Rebeca" ei ffordd ei hunan o ddelio â bradwyr. Ond beth bynnag, mae'n amlwg fod y Gof yn gwybod mwy am yr hyn ddigwyddodd na'r ddwy ddynes; nhw yn amlwg sy wedi gneud camgymeriad yn yr achos 'ma. Os ceisio rhybuddio Tomos Jones wnaeth y bachgen, mae e wedi dangos ar ba ochor y mae e. Nawr rydyn ni'n gwastraffu amser . . . oes gan rywun gwestiwn cyn ein bod ni'n gwasgaru?'

'Mae gen i un cwestiwn,' meddai'r Gof. 'Mae yna rai ffermwyr y gofynnes i iddyn nhw ddod heno heb ddod. Nawr rwy'n teimlo y gall rheini ein bradychu ni . . . y . . . beth allwn ni neud yn eu cylch nhw?'

'Cwestiwn da,' meddai'r Arweinydd. 'Wel, fe fydd rhaid pwyso'n drymach arnyn nhw. Ac os byddan nhw'n dal i wrthod, fe fydd rhaid eu gorfodi nhw.'

'Eu gorfodi nhw?' meddai'r Gof yn syn.

'Ie, eu gorfodi nhw. Mynd i'r tai i alw amdanyn nhw a gneud iddyn nhw daro'r ergyd gynta ar y glwyd. Ond rhywbeth yn y dyfodol yw hyn. Yn awr ewch . . . ac er mwyn i chi nabod eich gilydd yn y tywyllwch, neu os byddwch chi am alw ar eich gilydd am ryw reswm, cofiwch mai'r arwydd yw "CRI'R DYLLUAN" – "Tw wit-tw-hŵ-ŵ!" Rwy i am i chi ymarfer dynwared y dylluan nes ichi ei gael e'n iawn. Cyn byddwn ni wedi gorffen, ffrindie, fe fydd rhai pobol bwysig yn y sir 'ma wedi dysgu ofni cri'r dylluan.'

Yna roedden nhw'n gwasgaru a phawb yn siarad yn gynhyrfus un wrth y llall.

Wrth ddrws yr hen Felin trodd y Gof at Huw, 'Galw heibio'r Efail tua chwarter i un-ar-ddeg. Fe gawn ni fynd gyda'n gilydd.'

'Fe wna i,' atebodd Huw. Yna gwahanodd y ddau. Aeth y Gof i lawr ar hyd y lôn gul ar y dde i gyfeiriad y Pentre ac aeth Huw i'r chwith i gyfeiriad y bryn.

Pennod 10

Cyn i Huw Parri fynd mwy nag ychydig gamau ar hyd y llwybr a arweiniai i gyfeiriad y bryn, clywodd lais yn galw arno. Llais Sara Bryn Glas ydoedd. Safodd Huw yn ei unfan. Daeth Sara Jones ac Ifan ei mab hyd ato. Ychydig lathenni y tu ôl iddyn nhw yr oedd Elin.

'Huw Parri,' meddai Sara, 'mae'n sobor o ddrwg gen i, machgen i, ein bod ni wedi eich drwgdybio chi o fradychu Tomos i'r milwyr.'

'A finne hefyd, Huw,' meddai Ifan, 'fe ddylwn wbod yn well.'

'Eitha gwir,' meddai Sara. 'Wn i ddim a allwch chi fadde i ni; mae'r hyn sy wedi digwydd – Tomos yn ca'l mynd i'r jâl felna – wedi'n ypseto ni bob un.'

'Peidiwch â sôn dim rhagor am y peth,' meddai Huw, 'mae'n ddrwg iawn gen i na fu'swn i wedi gallu'ch rhybuddio chi mewn pryd.'

Safai Elin yn swil o'r neilltu, gan grafu'r ddaear â blaen ei hesgid. Gwyddai y dylai hithau ymddiheuro i Huw am ei ddrwgdybio, ond rywfodd teimlai'n rhy swil.

'Wyt ti'n mynd gyda nhw heno, Huw?' gofynnodd Ifan.

'Rwy i wedi addo mynd, Ifan. Rwy i wedi addo galw yn yr Efail am Guto am chwarter i un-ar-ddeg.'

'Pam na ddoi di gyda ni i Bryn Glas nes bydd hi'n

amser i ni fynd?' meddai Ifan. 'Ei di ddim adre'r holl ffordd, fe fydd hi'n un-ar-ddeg heb yn wbod i ni nawr.'

Roedd Huw wedi bod yn petruso tipyn ynghylch mynd adre. Ofnai y byddai ei fam ar lawr i holi llawer o gwestiynau anodd eu hateb iddo. Edrychodd ar Elin yng ngolau'r lleuad, oedd wedi codi'n glir uwch ben y bryniau erbyn hyn.

'Ie, ddewch chi, Huw?' gofynnodd yr eneth yn sydyn.

'Wel, gan eich bod chi mor garedig â gofyn . . .' meddai Huw, gan ddal i edrych ar wyneb Elin. A oedd hi wedi gwenu arno yng ngolau'r lleuad? Ni allai fod yn siŵr.

'O'r gore,' meddai Sara, 'dewch yn eich blaen te, blant. Dwyt ti, Ifan, ddim yn meddwl mynd mas heno, wyt ti?'

'Ydw, rwy'n meddwl mynd,' meddai'r llanc yn benderfynol. Gallai Sara weld ei wyneb cul a'i wddwg tenau yn y golau leuad, a theimlodd lwmp yn ei gwddf. O, fe garai ei gadw yn y tŷ! Ond gwyddai na allai ei rwystro.

'Ond Ifan bach,' meddai, 'rwyt ti'n rhy ifanc i fynd. Fe ofalwch chi amdano fe ond newch chi, Huw?'

Chwarddodd Huw. 'O, dwy i ddim yn meddwl y bydd eisie neb i edrych ar ei ôl e. Rwy'n siŵr ei fod e'n ddigon abal i edrych ar ei ôl ei hunan . . .'

Yna roedd Sara ac Ifan, rywsut, wedi mynd i fyny'r llwybr, gan adael Huw ac Elin i ddilyn ar eu holau.

Ni ddywedodd yr un o'r ddau yr un gair wrth ei gilydd am dipyn. Elin oedd y cynta i dorri'r garw.

'Rwy i am i chi wbod fod cwilydd arna i am yr hyn

ddwedes i mewn yn y Felin, Huw. Roedd e'n anfaddeuol . . .'

'Na doedd e ddim yn anfaddeuol Elin, o gwbwl.'

Teimlodd Elin ei law gynnes yn cydio yn ei llaw hi a'i gwasgu. Ni cheisiodd dynnu ei llaw o'i afael.

'Fe allwn i faddau unrhyw beth i chi, Elin,' meddai'r llanc yn isel.

'Ond, Huw, doedd gen i ddim hawl . . .'

'Mae gennych chi fwy o hawl arna i na neb arall.'

'Pam? Pam rŷch chi yn dweud peth felna?'

'Am mod i'n eich caru chi, Elin,' sibrydodd.

Safodd y ddau ar y llwybr. Gwyddai'r ddau fod y peth mawr wedi digwydd rhyngddyn nhw.

'Ydych chi, Huw?' Roedd llais Elin yn gryndod isel.

Yna roedden nhw ym mreichiau ei gilydd. Cusanodd Huw hi ar ei gwefusau. Roedd y ddau arall wedi cerdded yn eu blaen.

Edrychodd Huw i lawr ar yr wyneb annwyl. Roedd ei gwefusau yn gil-agored ac anadlai'n gyflym. Gwyddai'r funud honno ei fod yn ei charu'n fwy na dim yn y byd i gyd.

Yna roedd hi wedi gwingo o'i freichiau a cherdded ymlaen ar hyd y llwybyr. Ond daliodd Huw ei afael yn ei llaw.

'Elin,' meddai ymhen tipyn, 'ar ôl bydd yr helynt 'ma drosodd, a'ch tad wedi dod adre . . . y . . . fe fydd rhaid i chi mhriodi i . . . ydych chi wedi sylweddoli hynny?'

Trodd yn ôl ato fel bod y lleuad ar ei hwyneb, ac yn awr gwelodd Huw ryw olwg fach ddigalon arno. Cododd ei llaw a chyffwrdd â'i wyneb.

'Na, Huw,' meddai, ac roedd môr o dristwch yn ei llais, 'fydde eich mam ddim yn fodlon, na'ch modryb . . . maen nhw siŵr o fod wedi gneud cynllunie ar eich cyfer chi'n barod.'

'Ond *fi* fydd yn dewis 'y 'ngwraig, Elin!' meddai gan geisio'i chymryd yn ei freichiau eto. Safodd yn llonydd gan ddal i edrych i fyny ar ei wyneb.

'Fydde dim yn well gen i, Huw . . . dim yn y byd yn well . . . ond . . .'

'Ond beth?'

'Ond mae'n bryd i ni fynd neu fydd Mam yn dechre drwgdybio fod rhywbeth o le.' Cerddodd ymlaen gan ei dynnu ef ar ei hôl.

*   *   *

Er gwaetha'u gofid yng nghylch Tomos yng ngharchar Caerfyrddin a'u pryder mawr ynglŷn â'r hyn oedd yn mynd i ddigwydd y noson honno, ni fedrai Sara nac Elin lai na chwerthin am ben Ifan a Huw yn eu dillad merched ac wedi duo'u hwynebau. Roedd hen sgert a blows o eiddo Elin wedi ffitio i'w brawd ond fe fu rhaid dwyn hen ddillad o eiddo mamgu'r efeilliaid i lawr o'r coffor ar y llofft cyn cael dim i ffitio Huw. Yr oedd yr hen wraig wedi mynd yn dew iawn wrth fynd yn hŷn ac roedd gwasg y sgert frethyn, lwyd bron yn ddigon i fynd ddwywaith am ganol Huw. Dyna pryd y dechreuodd y chwerthin.

Yna am ychydig amser, doedd y cyfan yn ddim mwy na sbort diniwed nos cyn Calan, a hwythau wedi anghofio mor beryglus a difrifol oedd yr antur oedd o'u blaen cyn hanner nos.

Wedyn roedd Elin wrthi'n clymu rhuban hen fonet carpiog ei mamgu o dan ên Huw, ac roedd ei bysedd annwyl yn anwesu ei wddf. Doedd hi ddim wedi brysio wrth glymu'r ddolen chwaith.

'Beth sy'n bod ar y rhuban 'ma?' meddai Elin, ond gwyddai'r ddau nad ar y rhuban yr oedd y bai.

'Byddwch yn ofalus,' meddai Sara pan oedd y ddau lanc yn y drws yn barod i gychwyn. 'Ond,' meddai a'i llais yn caledu, 'peidiwch gadel dim o'r hen gât heb ei chwalu. Dyma'r unig ffordd; mae Tomos wedi bod yn dweud hynny ers amser bellach.'

'Fyddwch chi'n galw heibio nôl â'r dillad?' meddai Elin.

'Byddwn debyg iawn,' atebodd Huw.

'Fe fyddwn ni ar lawr yn eich disgw'l chi.'

Cychwynnodd y ddau lanc – a Huw'n cario bar haearn ar ei ysgwydd, ac Ifan yn rhyfedd iawn, yn cario bwyell fawr ei dad ar ei ysgwydd denau.

*　　*　　*

Fe wyddai Ifan am ffordd drwy'r caeau i lawr i'r Pentre. Wrth fynd bu'r ddau'n ymarfer cri'r dylluan. Roedd Ifan yn gampwr arni – gwnâi sŵn mor debyg i'r aderyn nes synnu ei gyfaill.

Daethant i'r Pentre'n fuan iawn. Roedd pobman fel y bedd a phob ffenest yn dywyll. Wedi cyrraedd yr Efail sibrydodd Huw wrth Ifan am ddynwared y

Gwdi-hŵ. Cyn gynted ag y torrodd y gri ddolefus ar draws y distawrwydd gwelsant ddrws yr Efail dywyll yn agor yn ddistaw a'r Gof yn dod allan. Ar ei ôl daeth dwy o "Ferched Beca". Ni fu fawr o siarad wedyn. Fe aethon yn ddistaw i fyny'r ffordd dyrpeg tuag at y Gât, gan gerdded trwy'r borfa o bob tu i'r ffordd rhag gwneud sŵn.

Yn y distawrwydd fe allen nhw glywed sŵn hwtio tylluan – weithiau'n agos, weithiau ymhell – yn arwydd fod y lleill yn crynhoi ac yn nesau at y tollborth. Erbyn hyn gwyddai'r ddau lanc mai'r dyn oedd wedi bod yn siarad yn y Felin – yr Arweinydd – oedd un o'r rhai oedd wedi bod yn llechu yn yr Efail gyda'r Gof. Wydden nhw ddim pwy oedd y llall. Wydden nhw ddim chwaith beth oedd wedi digwydd i Twm Carnabwth – y dyn anferth a edrychai mor chwethinllyd mewn dillad dynes.

Nawr fe allen nhw weld y Gât yn y golwg. Yn y cysgodion o bob tu i'r ffordd yr oedd dynion yn disgwyl.

Tynnodd yr Arweinydd wats o rywle dan y dillad merch. Cododd hi at ei wyneb. Gwnaeth arwydd â'i fraich yng ngolau'r lleuad ac allan o gysgod y coed ar ochr y ffordd cerddodd Twm Carnabwth. Yr oedd yn arwain ceffyl gwyn, hardd. Cyn pen winc roedd yr Arweinydd wedi neidio i'r cyfrwy. Cyn gynted ag y cafodd ffrwyn y ceffyl gwyn yn ei law, gwaeddodd nerth ei geg, 'Ymlaen Ferched Beca! I lawr â'r tollbyrth!' Yna roedd yr heol fawr yn llawn o greaduriaid rhyfedd, rhai ar gefn ceffylau ac eraill ar draed. Yn eu dwylo roedd ganddyn nhw arfau o bob math, pladur neu ddwy, crymanau, nifer o fwyelli a barrau haearn. Roedd gan ryw wyth ohonyn nhw ddrylliau-baril-hir.

Roedd pawb yn gweiddi'n awr, a'r ceffylau'n tasgu o bob tu i'r Gât. Gwaeddodd Twm Carnabwth uwchlaw'r sŵn i gyd, 'Dewch mas, Mitchell, mae arnon ni eisie'ch help chi!' Chwarddodd pawb. Yna cydiodd Twm yn sydyn yn y fwyell fawr oedd yn nwylo Ifan. Gwelodd y ddau lanc hi'n fflachio yng ngolau'r lleuad. Daeth i lawr â nerth anhygoel Twm Carnabwth y tu ôl i'r ergyd. Aeth yr un ergyd honno yn ddwfn i dderw gwydn astell uchaf y glwyd. Wedyn roedd Twm wedi estyn y fwyell yn ôl i Ifan, ac roedd pawb wedi ymosod ar y gât. Mewn byr amser roedd hi wedi ei thorri'n yfflon. Roedd y teimlad fod pob ergyd yn erbyn gorthrwm, yn rhoi nerth i freichiau'r "Merched".

Cludwyd rhai o goed y Gât ymaith a dechreuwyd ymosod ar y ddau bost oedd yn ei dal hi'n gadarn ychydig amser cyn hynny. Ond nid oedd lle i bawb wrth y ddau bost ac yr oedd rhai wedi mynd at y tŷ bychan lle trigai Mitchell. Nid oedd y Ceidwad wedi dod allan i geisio'u rhwystro, na hyd yn oed wedi cynnau golau y tu mewn.

'Ble rwyt ti, Mitchell?' gwaeddodd rhywun, 'mae 'na bobol yn mynd trwy'r Gât! Dere mas y diogyn i'w rhwystro nhw!'

Dim ateb o'r tu mewn. Daeth Twm Carnabwth at y drws. 'Mitchell,' meddai'n uchel, 'dere mas, mae Rebeca am siarad â ti.'

Dim ateb eto. Ysgydwodd y cawr y drws.

Yna gwelodd rhywun wyneb gwyn Mitchell yn y ffenest. Ond yr eiliad nesaf roedd e wedi diflannu.

'Mae e yma!' gwaeddodd y person oedd wedi ei weld.

'Gwell i ti ddod, Mitchell,' gwaeddodd Twm Carnabwth, 'neu fe dynnwn ni'r tŷ 'ma lawr!'

Erbyn hyn roedd pyst y glwyd fawr wedi eu chwalu'n yfflon a'r rhai fu wrth y gwaith wedi crynhoi o gwmpas y tŷ lle roedd Mitchell yn cuddio.

Sylweddolodd Huw nad oedd ef ei hun wedi taro un ergyd ar y glwyd na'r pyst. Roedd Ifan wedi ceisio taro un ergyd â'r fwyell fawr, ond roedd yntau wedi cael ei wthio o'r neilltu gan y ffermwyr cynddeiriog.

Nid oedd neb wedi dod i'w rhwystro. Yn wir, gan fod y Gât ychydig bellter o'r Pentre, mae'n debyg na allai'r bobl yno glywed y sŵn wrth y tollborth. Roedd y sŵn hwnnw yn awr yn sŵn llawen iawn iawn – sŵn pobl yn chwerthin ac yn gweiddi. Prif destun y sbort yn awr oedd Mitchell, ac er bod y rhai mwyaf doeth yn y cwmni'n awyddus i fynd rhag ofn y byddai rhywun yn eu gweld, allen nhw ddim cael y Ceidwad allan o'i dŷ.

Gwthiodd un o 'Ferched Beca' faril ei wn hir drwy'r ffenest. Clywodd Huw ac Ifan sŵn y gwydr yn mynd yn deilchion. Yna roedd y gwn wedi ffrwydro trwy'r ffenest a'r ergyd wedi chwalu rhyw lestri neu wydrau o ryw fath y tu fewn. Cododd y fflam oren a sŵn yr ergyd yn y ffenest ddychryn ar lawer – ond yn bennaf ar Mitchell. Clywodd pawb y drws yn cael ei ddatgloi a'r eiliad nesaf roedd e'n sefyll yn grynedig ar y trothwy.

Cydiodd llaw fawr Twm Carnabwth ynddo a'i lusgo gerfydd coler ei got at y fan lle safai 'Rebeca' ar gefn y ceffyl gwyn.

'Peidiwch â gneud niwed i fi! Wnes i ddim byd . . .'

Yn awr edrychai i fyny ar y "ddynes" ryfedd â'r wyneb du ar gefn y ceffyl gwyn. Roedd y lleill o 'Ferched Beca' wedi distewi erbyn hyn.

'Mae na ffermwr onest o'r ardal 'ma – Tomos Jones, Bryn Glas – yn y carchar yng Nghaerfyrddin o dy achos di, Mitchell,' meddai'r Arweinydd mewn llais difrifol.

'Nid o'n achos i, syr,' meddai Mitchell.

'Syr?' meddai'r Arweinydd, 'Pam wyt ti'n dweud "Syr" wrth Rebeca?'

Dechreuodd pawb chwerthin yn uchel.

'Madam!' gwaeddodd Twm Carnabwth, 'Madam Rebeca!' Chwerthin mawr eto.

'Mitchell,' meddai'r Arweinydd ar ôl i'r chwerthin dawelu tipyn, 'fydd hi ddim yn dda arnat ti os ei di i Gaerfyrddin i roi tystiolaeth yn erbyn Tomos Bryn Glas. Os bydd e'n cael ei gosbi o dy achos di fe fydd "Merched Beca" yn galw arnat ti ryw noson dywyll . . .'

'Ac fe fyddwn ni'n torri dy ben i ffwrdd,' meddai Twm Carnabwth.

'Dyw "Merched Beca" ddim yn fodlon i ti fynd i Gaerfyrddin o gwbwl pan fydd achos Tomos Jones yn dod ger bron y Llys, wyt ti'n deall, Mitchell?' meddai'r Arweinydd eto.

'Ond fe fydd *rhaid* i fi. Fe fydd y Sgweier a Mr Bullin yn fy ngorfodi i! Gwas iddyn nhw ydw i!'

Roedd ei lais yn grynedig a theimlai Huw beth piti drosto.

'O?' meddai Twm Carnabwth, 'rwyt ti'n gwrthod ufuddhau i "Rebeca" wyt ti? Wel, wel, wel, Ferched bach,' gan droi at y lleill o'i gwmpas, 'rwy'n ofni y bydd rhaid i ni ddysgu gwers i Mr Mitchell.'

'Na! Na!' meddai'r truan mewn dychryn, 'rwy'n addo . . . y . . . Madam . . . na fydda i ddim yn rhoi tystiolaeth yn erbyn Tomos Jones.'

'Da iawn,' meddai'r Arweinydd, 'a pheth arall, os wyt ti am gyngor da, fe fyddwn i'n mynd o'r ardal 'ma i rywle digon pell rhag ofn y bydd Bullin a'r Cyrnol Lewis yn ceisio dy berswadio di i newid dy feddwl. Pe bawn i yn dy le di, ffrind, fe fyddwn i'n edrych mas am ryw waith arall ymhell o 'ma. Does na ddim llawer o ddyfodol yn y gwaith 'ma sy gyda ti, rwy'n ofni. Mae "Merched Beca" yn mynd i dynnu'r hen glwydi 'ma lawr, felly fydd 'na ddim gwaith i bobol fel ti on'd na fydd?'

'Fe wna i hynny,' atebodd Mitchell, 'rwy i wedi bod yn meddwl am hynny ers tro.'

'Da iawn, Mitchell,' meddai Twm Carnabwth, 'rwyt ti wedi etifeddu doethineb Solomon. Cofia nawr na fyddi di ddim yn gadel i neb newid dy feddwl drosot ti, neu fydd dy fywyd bach di ddim yn werth ffeuen.'

'Rown i wedi meddwl tynnu'r tŷ bach 'ma lawr,' meddai'r Arweinydd, 'ond gan fod Mitchell heb le i fynd heno, fe gaiff y tŷ aros ar ei draed am y tro. Fe ddown ni nôl ryw nosweth ar ôl i Mr Mitchell symud a chael gwaith arall.' Yna gan droi at y dyrfa lawen o'i gwmpas dywedodd mewn llais uchel, 'Wel, "Ferched" mae'n gwaith ni fan yma wedi ei orffen. Fe fydda i'n galw arnoch chi 'to ryw noson; ond am heno gadewch i ni fynd i ni gael bod adre cyn y bydd hi'n fore Sul. Mae "Rebeca" yn parchu'r Sabath. Ffwrdd â ni!'

Yna roedd e wedi carlamu i lawr y ffordd ar ei farch gwyn. Cydiodd Huw yn llawes Ifan a'i dynnu ar ei ôl, a chyn pen fawr o dro nid oedd neb ar ôl o gwmpas Gât y Pentre ond Mitchell y Ceidwad. Safai hwnnw yng ngolau'r lleuad yn edrych i lawr yn syn ar fonion trwchus y ddau bost oedd yn dal y Gât. Roedd golwg ar ei wyneb fel pe bai'n gwrthod credu.

Pennod 11

Torrodd y wawr drannoeth yn heulog a thawel. Gan ei bod yn fore Sul roedd y pentre'n ddistaw a disymud. Nid oedd y Gof yn ei efail na'r saer yn ei weithdy. Roedd y drysau ynghau, a dim ond y mwg o simneiau'r tai oedd yn dangos fod pobl yn byw ynddyn nhw. Ond y tu ôl i'r drysau caeedig roedd siarad a chyffro mawr. Roedd y newydd fod Gât y Pentre wedi ei chwalu wedi mynd i bob tŷ bron cyn i'r wawr dorri, ac yn awr roedd y rhan fwyaf yn disgwyl yn ofnus i weld beth fyddai'n digwydd nesa. A fyddai'r milwyr yn dod? Os felly, byddai'n fwy diogel tu cefn i'r drysau clo nag allan ar y ffordd. Fe allai unrhyw un gael ei ddrwgdybio. Ar y ffermydd a'r tyddynnod bychain o gwmpas y Pentre roedd y dillad merched wedi eu rhoi i gadw a'r wynebau duon wedi eu golchi'n lân unwaith eto ac nid oedd neb yn edrych yn debyg i'r "Merched" rhyfedd oedd wedi dryllio'r gât. Yr oedd y "Ferch" fawr honno wedi diflannu'n llwyr.

Tua naw o'r gloch gwelwyd y ddau gwnstabl yn cerddcd trwy'r Pentre i gyfeiriad y tollborth. Dilynwyd hwy o hirbell gan Wil Sara – hogyn diniwed y Pentre, llanc y dywedid amdano nad oedd yn llawn llathen.

Chwarter awr yn ddiweddarach clywyd sŵn ceffylau'n nesau ar garlam. Y Sgweier a'r Stiward oedd yno. Fe aethon nhw trwy'r Pentre heb edrych i'r chwith nac i'r dde, a heb weld y llygaid y tu ôl i lenni'r ffenestri oedd yn eu gwylio'n syn.

Cyn pen deng munud carlamodd y ddau farchog yn ôl trwy'r Pentre wedyn a disgynnodd distawrwydd dros bobman drachefn. Yna am ddeg canodd cloch beraidd yr Eglwys i alw'r ffyddloniaid i gwrdd y bore.

Agorodd y drysau wedyn.

Erbyn y prynhawn roedd bron pob un o bentrefwyr Llangoed wedi magu digon o ddewrder i fynd i fyny'r ffordd i weld drostyn eu hunain beth oedd wedi digwydd yn ystod y nos. Nid oedd llawer i'w weld. Bonion trwchus y ddau bost oedd yn arfer dal y glwyd fawr yn ei lle, sglodion coed lle'r oedd y bwyelli wedi bod yn brysur; ond nid oedd sôn am y gât ei hunan. Ond y rhyfeddod penna oedd y ffaith fod y tolldy bach yn ymyl y ffordd yn wag. Roedd Mitchell, medden nhw, wedi diflannu fel pe bai'r ddaear wedi ei lyncu. Roedd e wedi mynd i rywle heb drafferthu cloi na chau'r drws. Fe fu rhai'n ddigon mentrus i fynd i mewn i sbïo o gwmpas. Fe welon nhw ychydig gelfi Mitchell – bwrdd, sgiw a chwpwrdd a gwely cul yn y gornel. Â'i gefn ar y wal gyferbyn â'r drws, safai hen gloc mawr. Roedd ei wyneb gwydr yn yfflon ac olion mân belenni arno, ac ar y wal y tu ôl iddo. Dyna lle roedd y saethwr y noson gynt wedi taro.

Yng nghanol y lludw oer o gwmpas y grât eisteddai hen gath ddu fawr yn hanner cysgu, fel pe bai dim byd wedi digwydd.

* * *

103

Eisteddai'r Cyrnol Lewis wrtho'i hunan yn y Llyfrgell gan edrych yn syn i fyw llygad y tân coch a losgai yn y grât yno. Roedd e wedi tawelu bellach ar ôl sioc yr hyn a oedd wedi digwydd. Ar y cychwyn roedd e wedi cynddeiriogi a ffromi, ac wedi melltithio pawb a phopeth. Ond wedi cael tipyn o amser i feddwl, roedd e wedi sylweddoli fod mwy o berygl yn y digwyddiad nag oedd e wedi tybio ar y cychwyn. Nid ffŵl oedd y Cyrnol. Sylweddolai yn awr y gallai'r bobl dlawd yr oedd ef yn feistr arnyn nhw – godi yn ei erbyn. Ac fe allai'r meistri tir eraill yn y sir gael yr un trwbwl. Byddai rhaid cael y "Gwŷr Mawr" oedd yn gymdogion iddo at ei gilydd ar unwaith i drefnu beth i'w wneud i roi stop unwaith ac am byth ar haerllugrwydd "Merched Beca".

Daeth Cathrin ei wraig i mewn yn ddistaw.

'O, fan hyn ŷch chi, William?' meddai, gan gerdded yn ddistaw ar draws y carped trwchus tuag ato.

'Cathrin,' meddai'r Cyrnol, 'rhaid i ni gwrdd â'n gilydd ar unwaith.'

'Pwy ŷch chi'n feddwl?'

'Ni, Cathrin. Major Spenser, Lloyd Hall, a Selby i ddechre, wedyn Syr Richard Summers a Lord Cawdor a'r lleill i gyd. Rhaid i wŷr bonheddig y sir 'ma gynllunio ar unwaith.'

Cododd ar ei draed a dechrau cerdded o gwmpas.

'Rhaid i chi beidio â chynhyrfu, William, fe fydd y milwyr 'ma fory. Fe roddan nhw stop ar y riff-raff 'ma.'

'Falle gwnân nhw, Cathrin. Ond os yw'r peth 'ma'n mynd i ledu – os yw'r "Merched Beca" cythraul 'ma'n mynd i wneud sbort o'r Gyfraith . . . fe fydd rhaid i ni

ga'l rhagor o filwyr o lawer. Fe fydd rhaid cynllunio . . .
sgrifennu i Lunden . . . cael y Llywodraeth i sylweddoli
mor ddifrifol mae pethe wedi mynd lawr 'ma yn sir
Benfro.'

'Beth ŷch chi am i fi 'neud, William?'

'Rwy i am i chi wahodd Syr Richard Summers,
Spenser, Lloyd Hall a Selby, a'u gwragedd, wrth gwrs,
i swper, cyn gynted byth ag y gallwch chi . . . nos
yfory?'

'Nos yfory? O fedra i ddim . . . mae'r rhybudd yn
rhy fyr . . . dwedwch nos Fawrth.'

'O'r gore, nos Fawrth amdani.'

'Y . . . William?'

'Ie?'

'Fydde dim gwahaniaeth gyda chi pe bawn i'n
gwahodd Jane Selby gyda'i thad a'i mam fydde fe?'

'Jane? Pam Jane, Cathrin?'

'Rown i wedi meddwl gwahodd Ffranses Parri a Huw.
Fe fuodd Ffranses yn dannod i fi nad oedd hi na'r bachgen
ddim byth yn cael gwahoddiad i'r Plas . . . ac mae'n bryd
rwy'n credu, i ni ddechre meddwl am wneud rhywbeth
dros Huw; wedi'r cyfan rwy i yn fodryb iddo fe.'

'Gneud rhywbeth drosto fe? Cael gwraig iddo ŷch
chi'n feddwl? Does gen i ddim amser i foddran ynglŷn
â'ch cynllunie priodasol chi ar hyn o bryd, Cathrin.
Ond wela' i ddim drwg mewn cael Jane Selby yma . . .
na'r crwt chwaith. Wedi meddwl, efalle y gallwn ni ei
ddefnyddio fe . . . fe all e fod yn gwbod tipyn am
"Rebeca" . . . ie, gnewch felna, Cathrin . . .'

*   *   *

Yn neuadd ginio Plas y Coedfryn disgleiriai'r llestri arian ar y bwrdd hir yng ngolau llachar y siandelïer uwchben. Roedd y ginio'n dirwyn i ben a'r siarad yn frwd o gwmpas y bwrdd. Saesneg oedd y sgwrs i gyd, gan na fedrai Selby na Spenser air o Gymraeg.

Roedd ei Fodryb wedi gofalu gosod Huw Parri i eistedd rhwng Mrs Selby a'i merch Jane. Trwy'r ginio roedd e wedi bod yn teimlo'n anesmwyth iawn. Go anaml yn y gorffennol roedd e wedi cael cyfle i wledda gyda'r Gwŷr Mawr, a theimlai allan o'i fyd yn llwyr bron. Pan ddaeth y gwahoddiad o'r Plas roedd e wedi ceisio dadlau â'i fam ynglŷn â'i dderbyn. Ond fe wyddai yr un pryd mai ofer fyddai dadlau â hi. Gwyddai ei bod yn meddwl y byd o gael mynd i fyny i'r Plas i gwmnia tipyn â'r 'Byddigion'. Yn wir, cyfrifai ei hun yn un ohonyn nhw.

Roedd ei hwyneb yn binc gan fwynhad wrth weld Huw, ei mab golygus, yn eistedd yn ymyl merch Major Selby. Teimlai'n falch ei bod wedi siarad â'i chwaer-yng-nghyfraith fel y gwnaeth ym mharlwr y Gwernydd. Roedd Cathrin a William Lewis wedi ei hesgeuluso hi a'i mab yn rhy hir. Ond fe deimlai dipyn bach yn ddig wrth Huw na fuasai'n gwneud mwy o ymdrech i fod yn serchog tuag at y ferch ifanc. Go ddywedwst oedd e, meddyliodd. Ond, a dweud y gwir, yr oedd Huw wedi gwneud ymdrech deg i fod yn serchog. Roedd e wedi cychwyn sgwrs â Jane sawl gwaith, heb lwyddo i gael llawer o'i sylw.

'*Your mother tells me that you breed horses?*' meddai Mrs Selby, a eisteddai'r ochr arall iddo.

'*Yes*,' atebodd Huw, '*my father started it all, and I'm carrying on after him.*'

'*Have you any nice hunters?*' gofynnodd Jane. O'r diwedd roedd hi'n cymryd diddordeb.

'*Well, there is one – Robin his name is. I think he's a very good horse – son of Seren, a mare my father used to have.*'

'*I remember the mare*,' meddai Mrs Selby.

'*I would like to see this Robin, Mr Parri*,' meddai Jane. '*Why don't you ride him over to Brackendale one afternoon? We can compare him with my horse Dandy . . .*'

'*Yes, do come, to have tea with us at Brackendale one day next week*,' meddai Mrs Selby'n garedig.

Roedd Ffranses Parry yn wên o glust i glust.

Ond yn awr roedd sgwrs y dynion pwysig o gwmpas y bwrdd wedi troi o ddifri at y "Beca", ac yn arbennig at yr ymosodiad at Gât y Pentre.

'*And do you know, Sir Richard*,' meddai'r Cyrnol, '*the keeper – a man called Mitchell – has disappeared. We can't find him anywhere.*'

'*So I've heard, so I've heard*,' atebodd Syr Richard Summers, a oedd wedi yfed ychydig yn ormod, '*they probably scared the living daylight out of him.*'

'*They may even have killed him and hidden the body*,' meddai'r Ledi Summers, dynes dew wedi ei gwisgo'n wych iawn.

'*Or he's decided to join the rebels, more likely*,' meddai Lloyd Hall.

'*He wasn't a very good keeper*,' meddai Cathrin Lewis.

'*He probably robbed the Trust right left and centre. Most of them do, so I've heard,*' meddai Syr Richard, gan estyn ei law am y botel ar y bwrdd.

'*Yes,*' meddai'r Cyrnol, '*Mitchell's disappearance would not worry me – but I wanted him in Carmarthen on Thursday – the day after tomorrow – to give evidence against the man who attacked him one night last week. That was the beginning of the trouble.*'

'*I hope you're making every effort to find him,*' meddai Selby'n sarrug. '*Unless you have him in court on Thursday the wicked man who attacked him will probably have to be released.*'

'*I'm afraid so . . . unless I can produce this one vital witness . . . we shan't have any case against him.*'

'*Damn them!*' meddai Selby, '*they're getting far too clever! The scum! We magistrates have been far too lenient with them in the past. They have no respect for the Law or for their betters any more.*'

'*I agree absolutely,*' atebodd y Cyrnol, '*the Law must be enforced. Heavy sentences, transportation and a few hangings might put the fear of God into these – these idiots. But we must have more constables, and more than anything, we want more troops. The Gentry of West Wales must work together. Lord Cawdor must raise the matter in the House without delay. We can't let this business go on or we shall be the laughing stock of the country.*'

'*I agree,*' meddai Lloyd Hall, '*we must write to the Home Office demanding more troops, and we must also look at the causes of the discontent, you know. The people have genuine grievances . . .*'

'*Pah! What kind of talk is this, Lloyd Hall?*' meddai Selby'n ffyrnig, '*on whose side are you anyway? Are you trying to justify the actions of these people who call themselves "Rebeca's Daughters"? Nothing can justify law-breaking and violence at night.*'

Bu distawrwydd am foment o gwmpas y bwrdd. Gwyddai pawb ei bod bron â mynd yn ffrae rhwng Selby a Lloyd Hall. Ar ganol y distawrwydd gofynnodd Jane Selby i Huw.

'*Have you seen any of "Rebeca's Daughters", Mr Parri?*'

Trodd pawb ei ben i edrych ar Huw ac aeth y distawrwydd yn ddyfnach byth.

'*Well, yes I suppose I have,*' meddai Huw o'r diwedd.

'Huw!' meddai Ffranses Parri ar draws y bwrdd.

'*Have you seen any of them, lad?*' gofynnodd Selby.

'*Well . . .*'

'*Where? When?*' gofynnodd y Cyrnol, gan edrych yn wgus arno.

'*Well,*' meddai Huw, '*they say that "Rebeca's Daughters" are local farmers who go out at night with blackened faces and dressed in women's clothes . . . if they are local farmers, we must know some of them, and we must have seen a few of them.*'

'*Do you know any of them?* Wyt ti'n nabod rhai ohonyn nhw?' gofynnodd y Cyrnol, gan hanner codi o'i gadair.

Ysgydwodd Huw ei ben. Sylwodd fod ei fam yn edrych yn syn arno.

'*That's the damn trouble,*' meddai Syr Richard

Summers, â'i dafod braidd yn dew erbyn hyn, *'they're all around us! Even here at Coedfryn you might have a few of "Rebeca's Daughters", you know, Colonel. The lad is right, they are your tenants and mine and Selby's . . . innocent enough in the day time . . . they touch their forelocks to you and say, "Yes sir, yes sir," but at night the devils blacken their faces and prowl round the countryside pulling down tollgates and breaking the law, and frightening people. If this goes on much longer decent people will be afraid to venture out at night . . . it will be worse than in the days of the highwaymen and the footpads, you'll see.'*

'Once we get the troops,' meddai'r Cyrnol, *'we'll soon put a stop to them.'*

'When we get the troops . . . and when we are willing to have some sympathy for them . . . when we are prepared to reduce tolls, rents and taxes,' meddai Lloyd Hall. Yna roedd Selby ac yntau wedi dechrau arni eto, a'r ddadl yn mynd yn fwy ffyrnig bob munud.

O, fe deimlai Huw fel ymuno yn y ddadl. Roedd e am ddweud wrthyn nhw fod rhaid i'r Gwŷr Bonheddig drin eu tenantiaid fel *pobl* ac nid fel cŵn. Roedd e am iddyn nhw wrando ar Lloyd Hall, ond yn ei galon fe wyddai na fydden nhw'n barod i wrando ar unrhyw un oedd yn gofyn am drugaredd i'r ffermwyr tlawd.

Wrth weld pethau'n dechrau mynd yn boeth rhwng Selby a Lloyd Hall unwaith eto, fe gododd Cathrin Lewis oddi wrth y bwrdd. Roedd hyn yn arwydd i'r gwragedd ymneilltuo a gadael y dynion gyda'u gwin. Aeth Huw gyda'r gwragedd yng nghwmni Jane Selby, gan ei fod yn awyddus i fynd tua thre cyn gynted ag y medrai gael ffordd ar ei fam.

Wrth fynd allan o'r ystafell ginio fawr, olau, digwyddodd edrych i gyfeiriad y ffenest. Gwelodd wyneb du, a dau lygad gloyw yng ngolau'r siandelïer. Aeth yr wyneb o'r golwg mewn winc a meddyliodd Huw – tybed nad oedd ei lygaid wedi ei dwyllo?

Yna aeth ef a'r merched trwodd i'r ystafell arall. Yn fuan wedyn roedd y dynion wedi ymuno â nhw. Ni fu llawer o siarad pellach, a chyn bo hir roedd pawb o wahoddedigion y Cyrnol a Mrs Lewis wedi mynd tua thre.

Pennod 12

Y nos Iau canlynol cyn iddi nosi'n llwyr, cyrhaeddodd Tomos Bryn Glas yn ôl ar ei aelwyd ei hun, lle roedd tri hapus iawn yn barod i'w groesawu. Ond er nad oedd Tomos wedi bod ond wythnos brin yng ngharchar Caerfyrddin, roedd y profiad wedi cael effaith arno. Gwelodd Sara ar unwaith ei fod yn fwy llwyd ac yn fwy difrifol yr olwg na phan adawodd Bryn Glas yn nwylo'r milwyr.

'Gawsoch chi hi'n galed iawn gyda nhw draw 'na?' mentrodd ofyn, ar ôl iddo gael ei swper ac eistedd ar y sgiw o flaen y tân. Nid atebodd Tomos ar unwaith, a theimlai Sara'n edifar ei bod wedi gofyn.

'Wel, Sara fach,' meddai, 'fues i ddim yn falchach o ddod mas o un lle na hwnna! Fe fydde dau neu dri mis wedi bod yn ddigon am 'y mywyd i, rwy'n credu.'

'Oeddech chi'n ca'l digon o fwyd gyda'r hen dacle?' gofynnodd Sara.

'Bwyd o ryw fath,' meddai Tomos, 'ond nid y bwyd Sara, ond . . .'

Stopiodd y ffermwr, fel pe bai'n boen iddo gofio am y driniaeth a gawsai yn y carchar.

'Na hidiwch Tomos,' meddai Sara, 'dwedwch wrthon ni sut buodd hi yn y Llys y bore 'ma.'

'Wel, roedd y cwbwl drosodd mewn byr amser, Sara. Roedd rhyw Gyfreithiwr wedi dod 'na – ble cawsoch chi afael ynddo fe te, Sara? Oeddech chi wedi'i gyflogi fe i'n amddiffyn i? Os oeddech chi, fe fydd yn costio ffortiwn i ni, gewch chi weld. Mae'r cyfreithwyr 'ma'n greaduriaid costus . . .'

'Ond, Tomos! Doedden ni ddim wedi gofyn i un cyfreithiwr!'

'O? Mr Williams oedd ei enw fe. Pwy alle fod wedi gofyn iddo te?'

Ysgydwodd Sara ei phen.

'Ie, dwedwch wrthon ni beth ddigwyddodd te, Nhad,' meddai Elin.

'Wel, fe ddaethon nhw â fi lan o'r celloedd dan y Llys, a dyna lle roedd rhyw ddyn – hen ddyn oedd e – yn eistedd lan fry – fel rhyw bregethwr mewn pulpud. Fe edrychodd arna i dros ben 'i sbectol. Wedyn dyma'r Cyfreithiwr, Williams 'ma, dyn neis iawn yn dod i eistedd yn fy ymyl i. "Peidiwch gofidio, Tomos Jones," medde fe, "fe fyddwch chi'n rhydd cyn pen dim nawr." "Yn rhydd?" mynte fi. "Ie," medde fe, "does ganddyn nhw neb i roi tystiolaeth yn eich erbyn chi!" "Ond mae Mitchell," mynte fi wedyn. A dyma fe'n gwenu arna i fel crwt drwg, Sara, "Mae Mitchell wedi diflannu fel pe bai'r ddaear wedi 'i lyncu fe," medde fe. "Nawr," medde fe wedyn, "pan fyddan nhw'n gofyn i chi sut ŷch chi'n pledio, gofalwch ddweud di-euog. *Not guilty*, Tomos Jones".

Wedyn roedd yr hen ŵr yn siarad rhywbeth â rhyw ddyn arall lawr o tano fe. Yna dyma fe'n gweiddi, "*Is this man legally represented,*" neu ryw eirie felna. Wedyn dyma Mr Williams ar ei dra'd. "*I represent him, my Lord,*" medde fe, mewn llais uchel.

Edrychodd yr hen ŵr yn y pulpud ar ryw bapure wedyn, a dyma fe'n gweiddi, "*How does your client plead, Mr Williams?*" "*Not guilty, my Lord,*" medde hwnnw. Fuodd dim rhaid i fi ddweud dim.

"*Call the first witness,*" meddai'r hen ddyn gan edrych ar y papur 'ma oedd o'i fla'n e. Wedyn dyma ryw lot o siarad a cherdded obeutu yn dechre. Cododd rhyw ddyn ar ei dra'd a dechre sibrwd rhywbeth wrth, y – y Barnwr oedd e gwlei. "*What?*" medde hwnnw, "*no witnesses?*" A dyma fe'n dechre parablu fel pwll tro. Fe allwn i feddwl ei fod e mas o'i gof yn llwyr . . . a'r peth nesa rwy'n gofio yw Mr Williams yn cydio yn 'y mraich i ac yn fy arwain i mas o'r Llys. "Rŷch chi'n rhydd i fynd adre nawr, Tomos Jones," mynte fe. Fe ddechreues i ddiolch iddo fe ond cyn mod i'n ca'l amser i ddweud mwy na thri gair, dyma fe'n dweud fod rhaid iddo fynd – fod gydag e achos arall yn y Llys ar unwaith.'

'Wel pwy yn y byd alle fod wedi gofyn i'r Cyfreithiwr te, Tomos?' gofynnodd Sara ymhen tipyn.

Ysgydwodd ei gŵr ei ben, 'Does gen i ddim un syniad,' meddai.

'Falle mai'r dyn 'na,' meddai Ifan.

'Pwy?' gofynnodd ei dad. Edrychodd Elin ac Ifan ar ei gilydd.

'Pwy wyt ti'n feddwl?' meddai Elin. 'Rebeca?'

'Ie,' meddai Ifan.

Edrychodd eu tad yn syn ar yr efeilliaid. Yna trodd at Sara.

'Ydy hynny'n bosibl?' gofynnodd.

'Rwy'n meddwl eu bod nhw'n iawn,' meddai ei wraig. Edrychodd Tomos yn feddylgar i'r tân.

'Ydyn, Sara, maen nhw'n iawn. Wedi meddwl, pwy arall allai fod wedi gwneud. Wel, fe fydda i mewn dyled iddo am byth. Fu'swn i ddim yma nawr onibai amdano fe.'

'Ŷch chi wedi clywed fod "Merched Beca" wedi torri Gât y Pentre, Nhad?' gofynnodd Ifan.

'Do, fe glywes i ar y ffordd. Ac mae Mitchell wedi diflannu?'

'Do,' meddai Ifan, 'fe ddwedodd Twm Carnabwth y bydde fe'n torri ei ben off os bydde fe'n rhoi tystiolaeth yn eich erbyn chi, Nhad!'

Cafodd Sara bwl o chwerthin.

'O dier!' meddai, 'dyn ofnadw yw hwnna. Rwy'i wedi'i weld e, Tomos. Fe aeth Elin a finne lawr i Felin y Ceunant ar ôl Ifan 'ma. Roedd Twm Carnabwth fel rhyw greadur o fyd arall, wir i chi – yn ei ddillad menyw. Wn i yn y byd ble cafodd e rai digon mawr iddo fe!'

'Mae e'n ddyn mawr iawn on'd yw e?' meddai Tomos.

'Mawr!' atebodd Sara, 'mae e'n anferth!'

Bu llawer o siarad difyr a hapus o gwmpas y tân ym Mryn Glas y noson honno. Er nad oedd Tomos wedi bod i ffwrdd ond ychydig ddyddiau, roedd llawer wedi digwydd yn ystod y dyddiau hynny, ac roedd llawer o hanesion i'w hadrodd a'u trafod.

Am hanner awr wedi deg aeth Sara ac Elin i fyny'r grisiau i'r gwely, gan adael Ifan a'i dad wrth y tân, oedd yn awr bron diffodd.

115

'Ydy'r ferlen fach wedi mynd?' gofynnodd Tomos.

'Na, dyw e ddim wedi dod i' mofyn hi,' atebodd Ifan.

'Fe â i lawr â hi iddo fe fory.'

'Ond fe ofynnodd i ni ei chadw hi nes bydd gydag e le iddi.'

'Roedd e gyda'r milwyr, Ifan.'

'Na, Nhad. Fe wnaethon ninne'r un camgymeriad. Ond fe ddwedodd Guto'r Gof mai ceisio dod 'ma i'ch rhybuddio chi mewn pryd wnaeth e, a cha'l ei ddala gan y milwyr.'

'Ddwedodd y Gof hynny?'

'Do.'

Fe fu distawrwydd hir rhwng y ddau. Yna, meddai Ifan, 'Nhad.'

'Ie?'

'Mae e'n caru Elin.'

'Mab y Gwernydd?'

'Ie.'

'Ydy e wir? A . . . Elin?'

'Mae hi'n ei garu fe hefyd.'

'Sut wyt ti'n gwbod?'

'Mae Elin a fi'n efeilliaid, Nhad.'

Ysbaid hir o ddistawrwydd wedyn. Yna gofynnodd Tomos Jones, 'Beth amdano fe?'

'Mae e'n iawn,' meddai Ifan yn dawel.

'Fydd hyn ddim wrth fodd Ffranses ei fam,' meddai Tomos.

Yna plygodd i ddatod carrai ei esgidiau.

'Wel, cystal mynd i'r cae nos, fachgen. Duwch,

mae'n braf cael bod nôl yn yr hen le 'ma, choeli di byth!'

*   *   *

Bron yn union yr un pryd ag yr oedd traed Tomos Jones ac Ifan yn dringo'r grisiau i'r gwely, roedd traed llechwraidd, distaw yn nesau at ddrws ffrynt y Goetre. Roedd pob ffenest yn dywyll yn y tŷ a phobman fel y bedd.

Cyn pen fawr o dro safai rhyw ddwsin o "Ferched Beca" yn eu gwisg arferol, ac wedi pardduo eu hwynebau, o flaen y drws.

'Seth Owen, dere lawr!' gwaeddodd un o'r "Merched".

Bu distawrwydd wedyn am dipyn.

'Seth Owen, dere lawr!' meddai'r llais, yn fwy sarrug erbyn hyn.

Yna gwelwyd golau gwan yn un o ffenestri'r llofft. Clywsant y ffenestr yn agor uwch eu pennau. Daeth pen Seth Owen allan drwy'r ffenest agored.

'Pwy sy'n tarfu dyn yr amser yma o'r nos?' gofynnodd yn ddig, 'beth yw'ch neges chi?'

'"Merched Beca" sy' 'ma, Seth Owen,' meddai'r llais oedd wedi gweiddi arno i godi.

'Beth yw'ch neges chi 'ma?' gofynnodd Seth. Roedd ei lais yn fwy tawel yn awr.

'Mae arnon ni eisie cael gair â ti, Seth,' meddai'r llais penderfynol eto.

'Ond rwy wedi mynd i'r gwely, fedra i ddim dod lawr heno mwy,' meddai'r dyn ar y llofft. Yna clywodd y rhai oedd y tu allan lais dynes. Roedd ei wraig ar ddi-hun ac yn dweud rhywbeth.

'Byddwch ddistaw fenyw!' meddai Seth yn sarrug.

'Gwell i ti ddod lawr, Seth,' meddai'r llais eto.

'Wel, tawn i'n ca'l gwbod eich neges chi . . ?' meddai Seth.

'Rwyt ti'n gwbod ein neges ni, Seth,' atebodd y llais digyffro.

'Gwbod? Na wn i wir ddim.' Roedd cryndod yn llais y dyn ar y llofft yn awr.

'Wyt ti'n dod neu nag wyt ti?' Roedd llais arweinydd y cwmni wrth y drws wedi codi'n uwch.

'Nadw i wir ddim yn mynd i ddod lawr,' meddai Seth.

'O'r gore, Seth. Fe ddown ni mewn i dy mofyn di felly.'

'Na! Na!'

'Dewch â'r bwyelli fan hyn, ferched.'

'Na! Na! Rwy'n dod lawr!' meddai Seth Owen.

Aeth y pen i mewn o'r ffenest ac ymhen tipyn fe glywon nhw sŵn traed yn dod i lawr y grisiau at y drws. Tynnwyd y pâr ac yn ara bach agorodd Seth Owen y drws. Yr oedd yn ei grys a'i drowsus yn unig.

Cyn gynted ag y daeth i'r golwg, cydiodd yr arweinydd yn ei wallt a'i dynnu allan i'r iard.

'Beth ydw i wedi 'neud?' gofynnodd Seth. Roedd dychryn yn ei lais.

'Mae "Rebeca" wedi clywed dy fod ti'n un o'r rheini sy'n cario clecs i'r Sgweier, Seth, ac mae'n anfodlon iawn.'

'Ond mae Tomos Bryn Glas wedi cael ei ryddhau!'
Roedd llais Seth wedi codi'n sgrech bron.

'Pwy ddwedodd ddim byd am Tomos Bryn Glas,
Seth? Rwyt ti'n dy gondemnio dy hunan. Rwyt ti'n
cyfadde i ti ddweud wrth y Sgweier am Tomos Bryn
Glas?'

'Ond . . .'

'Gyda llaw, Seth, sut gwyddet ti fod Tomos Bryn
Glas wedi cael ei ryddhau?'

'Roeddwn i yng Nghaerfyrddin y bore 'ma.'

'I roi tystiolaeth yn ei erbyn e iefe? I roi tystiolaeth
yn erbyn dy gymydog – y cythraul!'

'Na! Na! Roddes i ddim tystiolaeth yn ei erbyn e,
wir i chi.'

'O? Pam te?'

Ni allai Seth ateb am dipyn. 'Doedd Mitchell ddim
yno,' meddai'n gloff.

'A doedd dy dystiolaeth di'n werth dim heb
dystiolaeth hwnnw?'

'Y . . . ie . . .'

'Oherwydd doeddet ti ddim wedi gweld dim. Dim
ond wedi sylwi ar gart Tomos Bryn Glas yn mynd
trwy'r Pentre tua'r amser roedd rhywun wedi ymosod
ar Mitchell?'

Fe geisiodd Seth ddweud rhywbeth ond tagodd y
geiriau yn ei wddf. Fe deimlai'n oer iawn yn ei grys
a'i drowsus.

'Wyt ti wedi clywed, Seth, am yr adnod – "Câr dy
gymydog fel ti dy hun"?' Dim ateb.

'Wel, mae "Rebecca" wedi gofyn i ni ddysgu'r
adnod fach 'na i ti heno, Seth, cyn byddi di'n mynd i

gysgu. Ac er mwyn dy helpu di i ddysgu'r wers rydyn ni wedi dod â'r "Ceffyl" gyda ni.'

'O na!' meddai Seth, 'rwy'n addo . . .'

'Mae addo'n hawdd iawn, Seth. Mae rhaid i ti ddysgu gwers.'

Daeth dwy o "Ferched Beca" ymlaen â darn hir o bren yn eu dwylo. Fe wyddai Seth Owen yn iawn beth oedd y 'Ceffyl' y soniodd yr arweinydd amdano. Y 'Ceffyl Pren' ydoedd, a ddefnyddid gan bobl slawer dydd i gosbi rhywun oedd wedi gwneud drwg, ond heb gael ei gosbi gan y Gyfraith. Byddai pobl y wlad yn cymryd y gyfraith i'w dwylo eu hunain weithiau bryd hynny ac yn cosbi trwy fynd i dŷ'r un oedd wedi gwneud drwg a'i orfodi i farchogaeth y 'Ceffyl Pren'.

'Cydiwch ynddo!' meddai'r un oedd wedi bod yn siarad trwy'r amser.

'O na!' meddai Seth. Ond roedd dwylo cryfion wedi cydio ynddo â'i godi ar gefn y darn hir o bren. Yna roedd dau ddyn yn ei gario ar eu hysgwyddau allan o'r clos ac i lawr y ffordd i gyfeiriad yr afon. Wrth fynd fe fydden nhw'n taflu Seth Owen i fyny ac i lawr ar y 'Ceffyl Pren'. Safai eraill o'r "Merched" ar bob ochr i'r ceffyl â ffyn trwchus yn eu dwylo, ac os byddai'r marchog yn edrych fel pe bai'n mynd i gwympo fe fydden nhw'n ei ddal i fyny â blaenau'r ffyn.

'Dwed yr adnod, Seth,' meddai'r arweinydd. Dechreuodd Seth fwmian rhywbeth. 'Yn uwch?' gwaeddodd 'merch' Beca.

'Câr dy gymydog . . . fel . . .' Aeth yn stop ar Seth.

'. . . ti dy hun,' gwaeddodd yr arweinydd, 'dyw Seth Owen ddim yn gwybod llawer o'i Feibil ydy e, ferched? Rhaid i ni ei gosbi fe os nad yw e'n dweud ei adnod yn iawn.'

'Rhaid!' gwaeddodd rhywun, gan roi proc i Seth â blaen ei ffon.

'Câr dy gymydog . . . fel ti dy hun,' meddai Seth.

'Eto!' gwaeddodd sawl un.

'Câr dy gymydog fel ti dy hun.'

''To.'

'Câr dy gymydog fel ti dy hun.'

Aeth y cwmni rhyfedd ymlaen ar hyd y ffordd gan weiddi a chwerthin, a thrwy'r amser adroddai Seth Owen ei adnod drosodd a throsodd. 'Câr dy gymydog fel ti dy hun. Câr dy gymydog fel ti dy hun.'

Cyn bo hir fe ddaethon nhw at yr afon. Roedd sŵn y dŵr yn uchel yn y fan honno am ei fod yn llifo yn gyflym dros gerrig a chreigiau. I Seth Owen roedd e'n sŵn dychrynllyd iawn.

Yna roedd y dyn oedd wedi bod yn siarad bron drwy'r amser yn siarad eto. 'Ferched,' meddai, 'mae Seth Owen wedi bod yn ddyn drwg iawn . . . yn bechadur aflan, ys dwedodd y pregethwr . . . ac rwy'n ofni y bydd rhaid iddo gael ei olchi . . .'

'Na! O na, rwy'n erfyn arnoch chi . . . na!' Roedd Seth yn gwingo ar y polyn pren. Ond aeth "Merched Beca"' ag ef hyd ymyl y dŵr gwyllt.

'Er mwyn y Nefoedd, peidiwch â nhaflu i i'r afon. Fe fydda i'n siŵr o foddi! Fe wna i unrhyw beth . . .'

Ond roedd e'n gweiddi'n ofer. Yr eiliad nesaf roedd y dyn oedd yn dal pen blaen y ceffyl pren wedi taflu'r pen hwnnw oddi ar ei ysgwydd i'r dŵr. Llithrodd Seth i lawr ar hyd-ddo i ganol y berw gwyllt. Rywfodd neu'i gilydd llwyddodd i ddal gafael yn y pren. Am foment diflannodd yn gyfangwbl o dan y dŵr. Yna daeth ei ben i'r golwg. 'Help! Help!' gwaeddodd. Ond doedd neb mewn brys i'w dynnu o'r dŵr. Fe deimlai'r llif yn ei dynnu gydag ef, a chafodd waith i ddal ei afael yn y pren. Roedd y dŵr fel rhew oer am ei gorff i gyd.

Yna, rywsut, roedd e ar dir sych unwaith eto, a'i ddannedd yn clecian a'i gorff yn crynu fel deilen.

'Dwed yr adnod Seth,' meddai'r llais yr oedd wedi dod yn gyfarwydd ag ef erbyn hyn.

'Câr y-y-y- dy-y- gymyd-og f-f-el ti dy hun,' meddai Seth. Roedd ei ên yn crynu gymaint nes gwneud iddo swnio fel pe tai atal dweud arno.

'Da iawn Seth,' meddai'r llais, 'cofia fod Tomos Bryn Glas yn gymydog i ti. A "Merched Beca". Os byddi di'n bradychu "Merched Beca" neu'n cario clecs i'r Sgweier byth 'to, Seth, wel, dyna dy ddiwedd di. Y tro nesa fe gei di fynd gyda'r llif. Wyt ti'n deall?'

Cydiodd llaw fawr, galed yng ngwddf Seth Owen.

'Y-y-y-dw!' meddai.

'O'r gore, fe gei di fynd nawr, Seth,' meddai'r llais.

Yn sydyn roedd e'n rhydd, ond rywfodd ni allai wneud i'w goesau symud. Yna disgynnodd esgid galed yn ei ben ôl, nes bron â'i godi o'r llawr. Yr eiliad nesaf roedd e'n rhedeg am ei fywyd i fyny'r ffordd am y Goetre.

Pennod 13

Roedd hi'n fore Sadwrn ac eisteddai'r Sgweier wrtho'i hunan wrth y bwrdd brecwast yn y Plas. Roedd ei wraig wedi gadael y bwrdd ers amser. Arhosai ef yno wrtho'i hunan yn darllen y pentwr papurau dyddiol ac wythnosol oedd wedi cyrraedd y bore hwnnw gyda'r Mêl. Roedd y papurau'n llawn o hanes dryllio tollborth y Pentre. Roedd hyd yn oed papurau Saesneg Llundain wedi rhoi'r stori ar y dudalen flaenaf. Aeth arswyd trwy gorff y Cyrnol wrth ddarllen y llythrennau mawr, duon yn y *Daily News* – *'VIOLENCE FLARES UP AGAIN IN WEST WALES. TRUST GATE ATTACKED!'* Ac yn y *Times* – *'TOLLGATE SMASHED BY REBECCA'S DAUGHTERS! KEEPER MISSING!'*

Aeth ymlaen i ddarllen y print mân yn y *Times*. Hwn oedd papur mwyaf pwysig Prydain i gyd, a'r un yr oedd mwyaf o ddarllen arno yn nhai'r Gwŷr Mawr. Sylwodd fod yr adroddiad yn y *Times* yn ochri braidd gyda'r drwgweithredwyr oedd wedi chwalu'r glwyd. *'There is much poverty and need among the small farmers of West Wales, rents are high and the land is poor. The toll charges are much too high and the gates too numerous . . .'* Pwy oedd y creadur di-enw oedd wedi sgrifennu peth fel yna? Taflodd y Cyrnol y papur oddi wrtho'n ddig.

Roedd rhyw riff-raff fel "Merched Beca" bellach yn

cael cefnogaeth gan y *Times*! A beth oedd newydd-iadurwyr Llundain yn wybod am yr achos, meddyliodd. A sut yn y byd yr oedd papur mor barchus â'r *Times* yn gallu cefnogi dihirod oedd yn mynd allan yn y nos i ddinistrio pethau?

Canodd y gloch. Daeth morwyn fach i mewn yn fuan iawn.

'Dos i mofyn i Stiward. Dwed wrtho mod i am ei weld e ar unwaith.'

Daeth y forwyn yn ôl yn fuan iawn a'r Stiward gyda hi. Bu'r Cyrnol ac yntau'n siarad yn hir wedyn wrth y bwrdd brecwast.

'Y gwir yw, Bifan,' meddai'r gŵr bonheddig ymhen tipyn, 'mae'n rhaid i ni ddod o hyd i rywun, rhywun sy'n un o "Ferched Beca" – sy'n barod i ddweud wrthon ni ymla'n llaw beth maen nhw'n mynd i neud nesa. Maen nhw siŵr o fod yn gwneud cynllunie ymla'n llaw, Bifan – hynny yw – cyn ymosod ar Gât y Pentre, roedd Beca siŵr o fod wedi anfon neges mewn rhyw ffordd i hwn a'r llall i ddod ar y noson honno . . . Nawr pe gallen ni gael rhywun, Bifan, fydde'n barod i roi gwbod i fi beder-awr-ar-hugen cyn i Beca ymosod – yna fe allwn i drefnu fod milwyr yn eu disgw'l nhw. Fel mae pethe ar hyn o bryd, maen nhw'n ymosod yn nyfnder nos ac erbyn y bore maen nhw wedi diflannu.

'Ydych chi'n meddwl y gallwn ni wneud defnydd o Seth Owen 'to?' gofynnodd y Stiward. Ysgydwodd y gŵr bonheddig ei ben.

'Maen nhw'n gwybod am Seth erbyn hyn – fydden nhw byth yn ymddiried ynddo fe ragor. Na, rhaid cael rhywun arall.'

'Fedra i ddim meddwl am neb, syr.'

'Dewch nawr, Bifan, rŷch chi'n eu nabod nhw'n well na fi – y tenantied rwy'n feddwl.'

'Beth am y bachgen – y – Huw Parri – mae e'n nai i Mei Ledi . . . falle bydde fe . . ?'

'Na! Na, rwy'n ofni na chawn i ddim help ganddo fe. Rwy'i wedi bod yn treio'n dawel bach . . . Na rhywun . . . Hei! Rwy'n meddwl fod y dyn gen i, Bifan!'

Cododd ar ei draed.

'Pwy, syr?' gofynnodd y Stiward yn eiddgar.

'Beth am Ben Ifans, Cwmbychan?'

'O mae e siŵr o fod yn un o "Ferched Beca", ddwedwn i, syr.'

'Yn hollol, Bifan, dyna pam rwy'n dweud mai fe yw'n dyn ni. Mae e'n anfodlon ar ei fyd, mae e'n dlawd – felly fe fydde fe'n siŵr o fod yn barod i ymuno â "Beca". Oherwydd hynny fe fydd e'n gwbod ymla'n llaw beth mae "Beca" yn mynd i neud.'

'Ond, ŷch chi'n meddwl y bydd e'n barod i *ddweud* . . ?'

'Mae gan bob dyn ei bris, Bifan. Ac mae Ben, a'r holl blant 'na, mor dlawd fel y bydd hi'n weddol hawdd ei brynu rwy'n meddwl. Rŷch chi'n gwbod cystal â finne nad yw e ddim wedi talu'r rhent leni 'to.'

*   *   *

Roedd Ben Ifans yn y tŷ yn cael ei ginio pan gyrhaeddodd y Sgweier a'r Stiward.

'Mae 'na rywun yn dod lawr y lôn,' meddai ei wraig, dynes denau â dau lygad du yn llosgi yn ei phen. Rhoddodd Ben y llwyaid olaf o'r tatws-llaeth-enwyn yn ei geg a chodi oddi wrth y bwrdd. Edrychodd allan drwy'r ffenest.

'Duw mowr! Y Sgweier! Ac mae'r Stiward gydag e. Beth maen *nhw*'n mofyn ffor' hyn?'

'Maen nhw wedi dod ynghylch y rhent, gei di weld,' meddai ei wraig.

'Ewch â'r plant 'ma o'r ffordd newch chi, Marged,' meddai Ben. 'Os mai dod 'ma i mofyn y rhent maen nhw, mae eu gobeth nhw'n go wan.'

'Peidiwch cwmpo mas â nhw, neu fe gawn ni notis,' meddai Marged.

Caeodd Ben Ifans ei ddwy wefus yn dynn. Casglodd Marged y plant oddi wrth y bwrdd a mynd â'r chwech i'r cefn.

Daeth y ddau farchog at y drws a disgyn oddi ar eu ceffylau. 'Hylo 'na, Ben Ifans!' gwaeddodd y Stiward.

Aeth Ben allan i'w cwrdd.

'Dydd da, Sgweier, dydd da Mr Bifan,' meddai.

'Dydd da,' meddai'r Stiward, 'fe garen ni gael gair â ti.' Ni ddywedodd y Sgweier ddim.

'O ie,' meddai Ben, 'wel . . . y . . . gwell i chi ddod mewn i'r tŷ, mae'n oer i chi aros fanna.'

'O'r gore,' meddai'r Stiward.

Erbyn iddyn nhw fynd i mewn i'r tŷ roedd Marged Ifans wedi gadael y plant yng ngofal ei merch hynaf, oedd yn ddeg oed, ac wedi dod yn ôl i'r gegin. Edrychodd y Sgweier ar ei dillad aflêr a'r gwallt du'n hongian yn gudynnau dros ei thalcen. Edrychai fel slwt, meddyliodd.

'Ben,' meddai'r ddynes, 'gwell i chi fynd â'r gwŷr bonheddig i'r parlwr . . .'

'Na,' meddai'r Cyrnol, wedi dod o hyd i'w lais o'r diwedd, 'fe wna'r gegin 'ma'r tro'n iawn.'

Chwarddodd Ben Ifans yn nerfus. 'Wel, mae 'na *dân* fan yma beth bynnag, does na ddim tân yn y parlwr. Eisteddwch chi ar y sgiw fan hyn, Sgweier?' Doedd dim o'r 'Syr' a'r 'Cyrnol syr' yn perthyn i Ben Ifans.

'O'r gore,' meddai'r Cyrnol, ac eisteddodd i lawr. Gwnaeth y Stiward yr un peth. Eisteddodd Ben a'i wraig gyferbyn â nhw ar fainc gul.

'Ben Ifans,' meddai'r Stiward yn bwyllog, fel pe bai'n dewis ei eiriau'n ofalus, 'mae gyda ni le i gredu fod nifer o denantied stâd y Coedfryn wedi bod yn cymysgu â'r dihirod 'ma sy'n 'u galw 'u hunen yn "Ferched Beca" . . .'

Stopiodd y Stiward. Yn y distawrwydd fe allai Ben Ifans glywed ei galon yn curo. Trwy gil ei lygad gwelai ddwylo ei wraig yn cau ac agor ar ei chôl.

'O ie,' meddai Ben, a dyna i gyd.

'Nawr, Ben Ifans,' meddai'r Sgweier, 'oes rhyw wybodaeth gyda ti i roi i ni am "Merched Beca"?'

Nid atebodd Ben ar unwaith. Yna, gan fagu dewrder, dywedodd, 'Yr unig beth rwy i wedi glywed am "Ferched Beca" yw eu bod nhw'n mynd i chwalu pob tollborth yn y wlad i gyd.'

Gwgodd y Sgweier a'r Stiward arno.

'O na,' meddai Bifan, 'rwyt ti'n gwbod cystal â finne na ddôn nhw ddim i ben â gneud hynny.'

127

'Fe fydd y *soldiers* wedi'u dala nhw bob un cyn hynny, a mynd â nhw i Botany Bay,' meddai'r Sgweier.

Roedd Ben ar fin dweud wrthyn nhw y byddai rhaid i'r *soldiers* fod yn fwy effro nag y buon nhw yn y gorffennol os oedden nhw am ddal "Merched Beca", pan ddywedodd y Sgweier yn sydyn.

'Ben Ifans, dwyt ti ddim wedi talu'r rhent i fi am y lle 'ma leni.'

Caeodd Ben ei ddwy wefus yn dynn.

'Mae'n amser caled iawn, syr,' meddai Marged, 'fe dalwn ni pan ddaw pethe dipyn bach yn well, os ŷch chi'n fodlon bod yn amyneddgar, syr . . . erbyn mis Mawrth falle . . .'

'Mis Mawrth! Fe fyddwch chi wedi ca'l notis i fynd o 'ma ymhell cyn hynny os na fydd y rhent wedi'i thalu. Ar y telere eich bod chi'n talu'r rhent yn brydlon y gadewes i chi ga'l y lle 'ma.'

'Efalle y gallwn ni dalu peth cyn Nadolig,' meddai Ben yn swrth, 'rydyn ni'n gneud ein gore, Sgweier.'

Cododd y Sgweier ar ei draed. 'Rwy i wedi clywed addewidion felna o'r bla'n, Ben. Dwy i ddim yn credu am funud y byddi di'n gallu talu dime i fi cyn Nadolig; a ble'r ei di wedyn os bydd rhaid i ti fynd o 'ma? Hym?'

Roedd gwefusau Ben yn llinell denau a gwyddai ei wraig ei fod yn cael gwaith cadw ffrwyn arno'i hunan.

'Fe ddweda i beth wna i â ti, Ben,' meddai'r Sgweier wedyn. 'Dere di â gwbod i fi, beder-awr-ar-hugen ymla'n llaw, ble mae "Merched Beca" yn mynd i ymosod nesa – un diwrnod o rybudd, Ben – ac fe gei di fod yn rhydd heb dalu rhent o gwbwl am leni.'

Caeodd dau ddwrn garw Ben Ifans wrth ei ochr, ond ni ddywedodd air. Aeth y Sgweier yn ei flaen heb weld y ddau ddwrn caeedig. 'Fe wna i fwy na hynny. Os bydd y wybodaeth fyddi di'n ei roi i fi yn ein helpu ni i arestio rhai o'r dihirod 'ma, fe gei di dipyn o help ariannol gen i i dy helpu di i ddod ar ben dy draed unwaith 'to.'

Yna roedd e'n cerdded am y drws. Wrth fynd ar ei ôl trodd y Stiward. 'Meddylia'n dda am gynnig Cyrnol Lewis, Ben. Fe fydd hi'n galed arnat ti mla'n 'co, os na wnei di.'

Yna roedd y ddau wedi mynd.

*　　*　　*

Am hanner awr wedi pedwar y prynhawn hwnnw aeth Marged Ifans Cwmbychan i grynhoi wyau. Roedd gan yr ieir nythod mewn llawer man – rhai yn y daflod uwchben y beudy, rhai yn yr ydlan a rhai yn y cloddiau hyd yn oed. Pan oedd hi'n chwilio am wyau yn y gwair yn yr ydlan, fe glywodd sŵn siarad yn y lôn y tu arall i'r clawdd. Adnabu lais ei gŵr ar unwaith. Ond pwy allai fod yn siarad ag ef? Lle digon unig oedd Cwmbychan ac ni ddeuai llawer o bobl heibio haf na gaeaf. Daeth allan o'r gwair a chroesodd yn ddistaw dros borfa wyrddlas yr ydlan nes cyrraedd y clawdd. Plygodd i wrando. Yr oedd y clawdd yn rhy drwchus iddi weld pwy oedd yn siarad â'i gŵr, ond yn awr gallai glywed eu sgwrs yn glir. Clywodd ei gŵr yn dweud, 'Mae'r Sgweier Lewis yn awyddus iawn i roi stop arnon ni.'

129

'Fydd e byth yn llwyddo'r tro 'ma, gyfaill. Mae 'na rai o'r Gwŷr Mowr tu ôl i "Beca" erbyn hyn, ac mae papure Lloeger yn dweud fod eisie gwell triniaeth arnon ni.' Llais dieithr, meddyliodd Marged Ifans. Nid dyn o'r ardal oedd hwn.

'Ac ar ôl Gât Pen Ffin,' meddai Ben Ifans, 'beth wedyn?'

'O, un ar ôl y llall wedyn nes byddan nhw i gyd wedi mynd.'

'Ond rwy'n deall eu bod nhw'n siarad am ailgodi gât y Pentre'n barod,' meddai Ben wedyn.

Clywodd Marged sŵn chwerthin isel. 'Ie wel, fe fydd rhaid ei chwalu ddi 'to wedyn, dyna i gyd. Cyn gynted ag y bydd y "Trust" yn eu codi nhw fe fyddwn ni'n eu chwalu nhw.'

Chwarddodd Ben Ifans hefyd yn awr.

'Dyna'r ffordd i siarad myn brain i!' meddai.

'Wel, Ben Ifans, fe fyddwch chi wrth gât Pen Ffin am un-ar-ddeg i'r funud nos Lun nesa te?'

'Bydda, mi fydda i gyda chi, fe allwch chi fod yn siŵr o hynny.'

'Wel te, mae cystal i fi fynd, rwy am weld rhagor o "Ferched Beca" cyn eith hi'n hwyr iawn.'

'Prynhawn da i chi,' meddai Ben, 'a diolch i chi am roi gwbod.'

'Ga' i'ch gweld chi nos Lun?'

'Nos Lun amdani.'

Cyn gynted ag y clywodd sŵn traed y dieithryn yn mynd i fyny'r lôn am y briffordd aeth Marged Ifans yn gyflym yn ôl i'r sied wair i chwilio am ragor o wyau.

Ond fe deimlai'n gynhyrfus iawn, a gollyngodd un wy o'i llaw a'i dorri'n deilchion er mawr ofid iddi.

Wrth fynd o nyth i nyth meddyliai eto am yr hyn a glywsai o'r sgwrs rhwng ei gŵr a'r dyn dierth, pwy bynnag ydoedd. Roedd "Merched Beca" yn mynd i ymosod ar Gât Pen Ffin nos Lun nesaf! A beth oedd y Sgweier wedi'i ddweud? 'Rho di wybod i mi beder-awr-ar-hugen ymla'n llaw . . . ac fe gei beidio talu'r rhent.' Peidio talu'r rhent! Ugain punt! Dyna oedd wedi bod yn cadw Marged Ifans ar ddi-hun y nos ers wythnosau – meddwl o ble roedd hi a'i gŵr yn mynd i gael arian i dalu'r rhent. Os na allen nhw dalu'r rhent, roedd y Sgweier wedi dweud yn blwmp ac yn blaen – y bydden nhw allan o Gwmbychan cyn Nadolig. A beth fyddai'n eu haros nhw wedyn? Dim ond y wercws – dyna'r unig ddrws a fyddai'n agored iddyn nhw. Roedd hi wedi gweld yr un peth yn digwydd i bobl eraill.

Yno, yn y gwellt melyn, fe losgai llygaid duon Marged Ifans yn fwy tanbaid nag arfer. Peder-awr-ar-hugain – ac roedd hi'n Sul trannoeth! Hen ffŵl gwyllt ei dymer oedd Ben ei gŵr, meddyliodd. Thalai hi ddim i groesi'r Sgweier – y meistr tir – perchen Cwmbychan. Roedd eu bywydau nhw i gyd – hi a'i gŵr a'u plant yn dibynnu ar garedigrwydd y Sgweier.

Pedair-awr-ar-hugain! Dyna i gyd roedd e wedi'i ofyn. Pe byddai'n gallu rhoi ei air na ddeuai dim niwed i Ben . . .

* * *

Aeth y neges a ddygodd y dyn dierth i Gwmbychan, o ffarm i ffarm ac o dyddyn i dyddyn. 'Un-ar-ddeg o'r gloch wrth dollborth Pen Ffin! Un-ar-ddeg o'r gloch wrth dollborth Pen Ffin.' Aeth i'r Efail ac i weithdy'r Saer, i'r dafarn a hyd yn oed i'r Eglwys. Ond aeth hi ddim i blas y Coedfryn nes oedd hi bron yn rhy hwyr i'r Sgweier allu gwneud dim.

Pennod 14

'Huw, dwyt ti ddim yn cael gadel y tŷ 'ma heno!'

Safai Ffranses Parri'r Gwernydd a'i chefn ar ddrws y gegin.

'Ond, Mam, rwy'i wedi addo . . .'

'Huw, rwyt ti'n un o "Ferched Beca" ond wyt ti?'

Nid atebodd ei mab.

'Fe geisiest ti guddio'r hen flows a'r sgert a'r bonet 'na yn y stabal, ond rwy i wedi eu gweld nhw, Huw. Thwylli di ddim mo dy fam. Rwyt ti'n un o "Ferched Beca" . . .'

'Ydw.'

'O! Sut wyt ti'n gallu cyfadde'r fath beth! Rhag dy gwilydd di, Huw – yn cymysgu â'r fath bobol. Y ferch 'na – merch Bryn Glas – sy wedi troi dy ben di.'

Edrychodd Huw'n syn arni.

'O roeddech chi'n gwbod am Elin hefyd oeddech chi, Mam?'

'Oeddwn. Roeddwn i'n gwbod am honno cyn mod i'n gwbod dy fod ti wedi bod yn ddigon ffôl i ymuno â'r riff-raff 'ma sy'n galw eu hunen yn "Ferched Beca". Ond rwy'n barod i gredu mai rhyw ffansi dros dro yw'r groten Bryn Glas 'ma. Rwyt ti'n rhy dda i honna, Huw. Fe elli di ga'l un o ferched y Gwŷr Byddigion pryd y mynnot ti. Mae William a Cathrin

Lewis wedi addo cymryd mwy o ddiddordeb ynot ti o hyn ymla'n.'

'Yn rhy dda i Elin Bryn Glas, Mam? Dych chi ddim yn ei nabod hi mae'n amlwg.'

'O ydw, rwy'n ei nabod hi.'

Bu distawrwydd rhwng y ddau am ysbaid hir.Yna gofynnodd Ffranses.

'Huw, ble mae "Merched Beca" yn mynd heno?'

'Fe gewch chi wbod yn ddigon buan, Mam. Fe fydd pawb yn gwbod bore fory.'

Edrychodd Huw ar y cloc mawr ar wal y gegin. Chwarter wedi deg! Fe fydden nhw'n galw amdano cyn bo hir nawr.

Yna dechreuodd Ffranses Parri grïo'n hidl. Gwelodd Huw y dagrau mawr yn powlio i lawr ei gruddiau ac yn disgyn ar ei blows ddu. Gwnâi rhyw sŵn torcalonnus yn ei gwddf hefyd.

'Mam! Be sy'?' gofynnodd Huw, gan glosio ati.

'Rwy i am i ti aros gartre heno, Huw.'

'Ond Mam fach, fedra i ddim, rwy i wedi rhoi 'ngair.'

'Medri, Huw – er mwyn dy fam. Gad i "Ferched Beca" fynd hebot ti heno, er 'y mwyn i.' Roedd ei llais yn wylofus ac yn drist dros ben.

'Ond, Mam, rwy i wedi addo . . !'

'Huw,' meddai Ffranses Parri wedyn, a'r dagrau'n dal i bowlio i lawr, 'meddylia amdana i, machgen i. Os ci di mas heno gyda "Merched Beca" . . . mae rhywbeth yn dweud wrthw i na ddoi di ddim nôl. Mae'r milwyr wedi dod i Gaerfyrddin, Huw . . . rwy i wedi cael gwbod o'r Plas . . .'

'Mae *rhaid* i fi fynd, Mam,' atebodd Huw yn dawel ond yn benderfynol.

Yna clywodd y ddau gri'r dylluan y tu allan.

'Dyna nhw! Mae "Merched Beca" wedi dod i alw amdana i, Mam,' meddai Huw.

'Na! Na! Wyt ti am dorri nghalon i, Huw?'

Roedd golwg wyllt, orffwyll ar wyneb Ffranses Parri yn awr. Edrychodd Huw yn syn arni. Nid oedd erioed wedi gweld y fath olwg ddychrynllyd ar wyneb ei fam. Unwaith eto daeth cri drist y dylluan o'r tu allan. Roedd y sŵn mor debyg i sŵn yr aderyn ei hun fel y gwyddai Huw yn iawn o enau pwy roedd e'n dod. Symudodd at y drws. Yna cydiodd ei fam amdano i'w rwystro.

'Huw,' meddai, 'fe fydda i farw os ei di trwy'r drws 'na heno.'

'Mam, peidiwch siarad mor ffôl.'

Sylwodd Huw fod ei hwyneb mor wyn â'r galchen a'i bod yn anadlu'n gyflym. Yna gwelodd ei llygaid yn cau. Gollyngodd ei gafael ar Huw a llithrodd yn araf i'r llawr. Edrychodd i lawr ar ei chorff diymadferth. Beth oedd yn bod arni?

Unwaith eto clywodd gri'r dylluan y tu allan, ond roedd y sŵn ymhellach y tro hwn. Roedden nhw'n mynd hebddo! Ysgydwodd ei ben mewn penbleth. Gwyddai bellach na allai redeg ar eu hôl a gadael ei fam yn y fan honno. Na, byddai rhaid i "Ferched Beca" ymosod ar gât Pen Ffin hebddo ef.

Plygodd i godi ei fam o'r llawr.

* * *

Dihunodd Huw yn y bore bach trannoeth, er nad oedd wedi cael llawer o gwsg y noson gynt. Roedd e wedi bod wrth wely ei fam nes oedd hi heibio i hanner nos. Roedd hi wedi dod ati ei hun ar ôl iddo arllwys llwyaid dda o frandi rhwng ei gwefusau gwelw. Ond er iddi agor ei llygaid, ni allai Huw gael gair ganddi o gwbwl. Yna, tua hanner awr wedi deuddeg roedd hi fel petai wedi syrthio i gwsg anesmwyth. Ar ôl gweld hynny roedd Huw wedi mynd i'w wely – ond nid i gysgu. Am awr neu ddwy bu'n meddwl a throi a throsi. Beth oedd yn bod ar ei fam? Sut oedd "Merched Beca" wedi llwyddo yn ystod y nos? Ond rywbryd cyn y bore roedd yntau wedi cysgu rhywfaint.

Cyn gynted ag y dihunodd daeth y meddyliau hyn yn ôl. Neidiodd o'i wely a mynd i ystafell ei fam. Roedd hi'n gorwedd yn llonydd ar wastad ei chefn a'i llygaid yn edrych yn syn ar y to.

Trodd ei phen pan glywodd ei mab yn dod i mewn ond ni ddywedodd air. Erbyn hyn roedd lliw coch afiach ar ei bochau. Gwyddai Huw fod rhaid iddo gael y meddyg ati ar unwaith.

Aeth i lawr i'r gegin oer. Nid oedd Mali'r forwyn wedi codi eto i gynnau tân. Tynnodd goed sych allan o'r gornel yn ymyl yr hen sgiw dderw a'u gosod yn y grât. Ond cyn iddo fynd ymhellach daeth y forwyn i lawr y grisiau o'r llofft.

'Huw! Rwyt ti ar lawr yn fore; does dim byd o le oes e?'

'Oes, Mali, mae Mam . . . y . . . mae'n go wael rwy'n meddwl; fe fydd rhaid i fi fynd i mofyn y Doctor ati.'

'O dier! Beth sy'n bod arni? Roedd hi'n iawn neithwr pan es i i'r gwely.'

'Oedd,' meddai Huw'n ddistaw. Y foment honno fe deimlai'n gryf iawn y byddai ei fam yn iawn oni bai ei fod ef wedi ymladd â hi i gael mynd gyda "Merched Beca" y noson gynt.

'Falle ei bod hi wedi cael pwl gyda'i chalon,' meddai Mali, 'fe ddwedodd hi wrthw i rywbryd fod y Doctor wedi dweud wrthi am fod yn ofalus.'

'Do fe, Mali? Wyddwn i ddim.'

'Rhaid i ti ga'l dy frecwast, Huw, cyn mynd,' meddai'r forwyn.

'Na, fe af i ar unwaith nawr, Mali. Fe gaf i frecwast ar ôl dod nôl.'

Yna roedd e wedi mynd allan i ganol y llwydrew oedd wedi gwynnu'r coed a'r caeau yn ystod y nos. Teimlai'n oer iawn. Hynny a wnaeth iddo benderfynu mynd ar ei draed i mofyn y Doctor yn lle mynd ar gefn Robin. Cerddodd yn frysiog i fyny'r lôn am y briffordd.

Cyn bo hir roedd e yng ngolwg y Pentre.

Roedd y Doctor Pritchard yn byw mewn tŷ mawr ryw hanner milltir tu draw i'r Pentre – lle o'r enw Llwynderw, ac ni fyddai nemawr neb yn ei alw wrth ei enw – 'Doctor Llwynderw' oedd e gan bawb.

Croesodd Huw'r bont ac yn awr gallai weld sgwâr y Pentre'n glir. Ar y sgwâr, yn ymyl hen dafarn y Delyn, gwelodd ddau filwr yn sefyll. Neidiodd ei galon i dwll ei wddf. Beth oedd milwyr yn ei wneud o gwmpas y Pentre yr amser yma o'r dydd? A oedd yr antur y noson gynt wedi methu? Sut roedd y milwyr wedi cyrraedd mor fuan?

Daeth yn nes at y sgwâr a gwelodd fod drws yr Efail yn agored. Roedd y Gof yn ddiogel beth bynnag, meddyliodd.

Llithrodd i mewn drwy'r drws. Nid oedd tân ar bentan yr Efail, ond roedd y Gof yno. Safai yn ymyl y ffenest yn gwylio'r milwyr yn ymyl y dafarn.

Edrychodd yn sarrug ar Huw.

'Sut aeth hi neithiwr, Guto?' gofynnodd y bachgen yn ddistaw. Yn lle ateb y cwestiwn dywedodd y Gof yn chwerw, 'Fachgen, Huw, rwyt ti o gwmpas yn fore heddi. Falle i ti fynd i'r gwely'n rhy gynnar neithiwr.' Roedd y gwawd yn amlwg yn ei lais.

'Aeth pethe'n iawn?' gofynnodd Huw wedyn.

'Naddo, myn cythrel i, aeth pethe ddim yn iawn,' meddai'r Gof yn ffyrnig, 'mae rhywun wedi'n bradychu ni. Roedd y milwyr yn disgwl amdanon ni!'

'Oes rhywun wedi . . ?'

'Mae 'na ddou wedi eu dala a'r llall wedi ca'l ei saethu wrth geisio dianc.'

'Pwy?' gofynnodd Huw.

'Mab a gwas ffarm Glynhir sy wedi'u dala . . . Ifan Bryn Glas sy wedi ca'l ei saethu.'

Safodd Huw'n fud o'i flaen. Ifan . . . brawd Elin!

'Dyw e ddim wedi 'i . . . wedi . . .'

'Wedi 'i ladd? Roedd e'n fyw pan weles i e ddiwetha. Fe'i carion ni e nôl. Mae bwlet yn ei gorff ac mac c wcdi colli lot o wacd. Ond dwyt ti ddim yn hidio, wyt ti? Fe gadwest ti'n ddigon pell.'

'Fe gafodd Mam ei tharo'n wael . . .' Stopiodd. Rywfodd gwyddai fod y geiriau'n swnio fel celwydd.

'O, do fe wir?' Unwaith eto swniai'r Gof yn

wawdlyd. Yna plygodd ymlaen yn sydyn gan ddangos copa ei ben i Huw. Gwelodd hwnnw glwyf coch glân ynghanol y gwallt du, trwchus.

Yna gwelodd y ddau filwr yn cerdded i gyfeiriad yr Efail.

'Gwell i ti fynd,' meddai'r Gof, gan droi at y pentan a chydio yn ei raw lo.

Aeth Huw allan i'r ffordd a cherdded tuag at y milwr.

'Beth yw dy enw di?' gofynnodd y milwr. Edrychodd Huw'n ddig arno.

'Huw Parri,' meddai'n swta.

'Beth yw dy fusnes di mor fore?'

'Rwy'n mynd i mofyn y Doctor. Mae Mam yn wael.'

'Dy fam ie fe? Wyt ti'n siŵr mai nid dy dad?'

'Mae Nhad wedi marw ers blwyddyn.'

'Ble mae'r Doctor yn byw?'

'Rhyw hanner milltir i fyny'r ffordd.'

'O'r gore, gwell i ti fynd.'

Dechreuodd Huw fynd heibio iddo. Ond cydiodd y milwr yn ei goler. 'Ble roeddet ti neithiwr?' gofynnodd.

'Yn y gwely,' meddai, gan ei ysgwyd ei hun yn rhydd o afael y milwr.

Yn ddiweddarach ni allai Huw gofio sut y llwyddodd i gyrraedd tŷ mawr y meddyg. Roedd ei ymennydd yn gawdel o feddyliau cynhyrfus, a daeth at Llwynderw bron heb yn wybod iddo.

Yr oedd y Doctor yn ei wely, ond ni fu yn hir iawn yn dod i lawr. Ni chymerodd yntau frecwast y bore hwnnw chwaith, a chyn bo hir roedd Huw ac yntau ar eu ffordd yng ngherbyd ysgafn y Doctor, a merlen flewog yn ei dynnu. Dyn pigog, aflêr iawn ei wisg oedd y Doctor, a chanddo farf goch, fflamgoch, fawr.

Wrth nesau at y Pentre holai'r Doctor Huw ynglŷn â chyflwr ei fam. Wedi clywed disgrifiad y bachgen ohoni, dywedodd, 'Hym! Mae'n edrych yn debyg ei bod hi wedi ca'l strôc, Huw. Rown i wedi'i rhybuddio hi ynglŷn â'i chalon pan fuodd dy dad farw – fe gafodd hi ryw bwl bach bryd hynny.'

'Wyddwn i ddim,' meddai Huw.

Fe ddaethon at y fan lle'r arferai'r tollborth fod. Nid oedd y gât wedi ei hail-osod ac nid oedd dim rhwystr yn ffordd y ferlen flewog rhag mynd yn ei blaen tua'r Pentre. Wrth fynd heibio, edrychodd Huw ar y tolldy gwag a distaw. Nid oedd Mitchell wedi dod nôl.

Ar sgwâr y Pentre yn eu disgwyl yr oedd tri milwr – dau ohonyn nhw ar gefn ceffylau.

Un o'r rheini oedd y milwr oedd wedi siarad â Huw ynghynt. Gwelodd fod y dyn a safai ar ei draed yn Sarjiant. Ond nid y Sarjiant a welsai Huw pan aeth i geisio rhybuddio Tomos Bryn Glas oedd hwn.

'Wo-ho 'na!' gwaeddodd y Sarjiant. Ffrwynodd y Doctor ei ferlen. 'Beth . . ?' meddai'r Doctor gan edrych ar Huw. Roedd e'n amlwg wedi synnu gweld milwyr ar sgwâr y Pentre mor fore. Trodd at y Sarjiant. 'Beth sy'n bod, syr? Rwy i ar frys i weld claf. Beth yw'ch busnes chi gen i?'

'Rhaid i fi ga'l gwbod i ble rŷch chi'n mynd, syr,' meddai'r Sarjiant.

'Ond nawr dwedes i wrthoch chi, ddyn! Rwy'n mynd i weld claf!'

'Ym mhle mae'r claf, syr?'

'Y Gwernydd – ryw filltir o'r fan yma. Ond rwy'n ame'ch hawl chi, syr, i rwystro doctor fel fi . . .'

'Gadewch i fi egluro, syr,' meddai'r Sarjiant gan dorri ar ei draws.

'Wel, brysiwch, ddyn!' Roedd y Doctor yn bigog iawn erbyn hyn.

'Fe fu "Merched Beca" yn ymosod ar gât Pen Ffin neithiwr, ond cyn iddyn nhw gael amser i ddiflannu fe ddaethon ni ac ymosod arnyn *nhw*. Mae rhai wedi eu dal; ond mae na eraill sy wedi ca'l eu clwyfo . . . fe fuodd tipyn o saethu . . . ac mae'n debyg fod eisie meddyg ar rai ohonyn nhw bore 'ma . . . ac rwy i am wneud yn siŵr nad wedi cael eich galw at un o "Ferched Beca" rydych chi, sir. Ewch chi yn eich bla'n nawr . . . fe fydd y ddau filwr 'ma'n eich dilyn chi . . .'

Chwythodd y Doctor yn ffyrnig trwy ei whisgers mawr. Gwnaeth sŵn yn ei wddf fel pe bai'n mynd i ddweud rhywbeth, ond wedyn trawodd ei chwip ar gefn y ferlen flewog. Trodd Huw ei ben a gweld y ddau filwr yn codi trot ac yn dilyn tu ôl.

*   *   *

Fe fu Mali, morwyn y Gwernydd, bron â rhoi sgrech pan welodd y cotiau cochion yn cerdded i mewn i'r gegin. Ond rhoddodd ei dwrn yn ei cheg ac ni wnaeth unrhyw sŵn.

Aeth y Doctor yn syth at waelod y grisiau ac aeth un o'r milwyr ar ei ôl. Ond trodd y Doctor yn ôl ato gan ysgwyd ei ben.

'Fe fydd rhaid i ti dynnu'r got goch a'r cap 'na cyn mynd mewn i stafell y claf, rhag i ti ei dychryn hi,' meddai.

Edrychodd y milwr arno am foment mewn dau feddwl. Yna tynnodd ei got goch drwchus a'i gap. Wedyn dilynodd y Doctor i'r llofft.

Aeth y Doctor yn gyntaf i mewn i ystafell Mrs Parri. Aeth yn syth at y gwely, ond safodd y milwr yn y drws. Gwelodd wyneb delicêt, gwelw'r ddynes yn y gwely, a'r gwallt hir, brithlwyd ar y gobennydd. Gwelodd hefyd y dwylo gwynion tenau yn llonydd ar ddillad y gwely. Teimlodd ar unwaith ei fod wedi gweld digon. Nodiodd ar y Doctor a throi o'r drws i fynd i lawr y grisiau. Nid oedd Mrs Parri wedi troi ei phen i edrych arno.

Pan gyrhaeddodd y gegin unwaith eto fe ddywedodd wrth Huw, 'Mae'n ddrwg gyda ni. Mae'n amlwg fod eich mam yn bur wael. Ond rhaid i ni beidio gadael un garreg heb ei throi. Y . . . wel . . . bore da i chi.'

Nid atebodd Huw ef. Yna roedd y ddau wedi mynd a chyn bo hir clywyd sŵn y ceffylau'n mynd i fyny'r lôn.

Pan ddaeth y Doctor i lawr o'r llofft roedd brecwast i ddau yn barod ar y bwrdd yn y gegin.

'Rhaid i chi gael brecwast gyda ni, Doctor,' meddai Mali'r forwyn.

'O? Ie wel . . .' meddai'r Doctor.

'Eisteddwch,' meddai Huw. 'Y . . . beth amdani, Doctor?'

'Wel, mae wedi cael strôc fel rown i'n ofni, ac wedi colli ei lleferydd, fel rwyt ti'n gwbod debyg iawn.

Nawr mae'n rhaid i ti fod yn ddewr, Huw . . . y . . . rwy'n ofni y gall hi fynd unrhyw amser. Ar y llaw arall, cofia, fe all fyw'n hir felna yn y gwely. Ac fe all ddod dros y pwl 'ma – fe all wella. Rwy i weld gweld hynny'n digwydd. Fe all ga'l ei lleferydd nôl . . . does 'na'r un doctor all ddweud gyda'r clefyd y galon 'ma. Ond mae un peth yn ddigon siŵr – fe fydd gwaith tendio arni nawr.'

'O fydda i'n gofalu amdani, Doctor,' meddai Mali.

Edrychodd y Doctor arni. 'Ie, wel, popeth yn iawn; ond mae'n mynd i olygu tipyn rhagor o waith, cofiwch.'

'Beth alla'i roi iddi, Doctor?' gofynnodd Mali.

'Ewch lan â llwyed o frandi – oes brandi 'ma?'

'Oes,' meddai Huw.

'Wel, llwyed o frandi mewn dŵr cynnes iddi nawr, merch i. Fe fydda i'n dod fory 'to â moddion iddi.'

Aeth Mali allan o'r ystafell ar ôl gweld bod Huw a'r Doctor wedi eistedd i fwyta.

'Doctor,' meddai Huw, 'beth pe byddech chi'n gwbod fod un o "Ferched Beca" wedi 'i glwyfo'n ddrwg . . . beth fyddech chi'n neud?'

Edrychodd y Doctor yn graff arno. 'Wel,' meddai, 'mae'n dibynnu . . . pam wyt ti'n gwbod am rywun?'

Bu distawrwydd rhyngddynt am funud.

'Ydw.'

'O? Pwy, Huw?'

'Pe bawn i'n dweud wrthoch chi, fyddech chi'n cadw'r gyfrinach?'

Meddyliodd y meddyg am dipyn. 'Wel, does gen i ddim cydymdeimlad â'r bobl 'ma sy'n mynd mas y nos i ddinistrio eiddo pobol er'ill Huw. Ond does gen i ddim llawer o gydymdeimlad â'r *soldiers* busneslyd 'ma chwaith. Fe gadwn i'r gyfrinach, Huw, ond paid ti gofyn i fi fynd i weld y person 'ma . . .'

Disgynnodd distawrwydd rhyngddyn nhw eto.

'Pwy yw e?' gofynnodd y Doctor wedyn.

'Ifan Bryn Glas,' meddai Huw.

'Un o'r efeillied?'

'Ie.'

'Ond, Huw, fi ddaeth â nhw i'r byd! Elin a Ifan. Elin ddaeth i'r byd gynta' rwy'n cofio. Does bosib fod Ifan yn ddigon hen i fynd o gwmpas yn y nos gyda "Merched Beca"?'

'Roedd e mas neithiwr. Ewch chi i weld e, Doctor?'

'Ond mae'r milwyr 'ma, fachgen!'

'Maen nhw yn y Pentre. Fydd dim rhaid i chi fynd nôl drwy'r Pentre i fynd i Bryn Glas.'

'O'r gore. Os doi di gen i, mi af i i weld e. Ond cofia, fe fydd rhaid bod yn ofalus – fe allwn ni arwain y milwyr ato fe.'

Pennod 15

Daeth cerbyd Doctor Pritchard at y glwyd oedd yn arwain i fuarth Bryn Glas. Disgynnodd Huw Parri o'r cerbyd i agor y glwyd. Yr eiliad nesaf daeth Tomos Jones Bryn Glas i'r golwg o'r tu ôl i bost y glwyd. Roedd y fwyell fawr yn ei law.

'O, Tomos Jones,' meddai Huw, 'y . . . rwy'i wedi dod â'r Doctor.'

'Y Doctor! Ond . . .' Edrychodd yn syn ar y dyn barfog yn y cerbyd. 'Ond sut . . ?'

'Fe fuodd Huw 'ma yn 'y mofyn i bore 'ma, at ei fam, sy wedi ca'l strôc neithiwr, Tomos a *fe* ddwedodd fod Ifan wedi ca'l damwain.'

'O, diolch i Dduw, Doctor! Roedd arnon ni ofan gyrru amdanoch chi . . . mae'r *soldiers* ymhobman. Dewch ar unwaith i'r tŷ, os gwelwch chi'n dda.'

'Sut mae e, Tomos Jones?' gofynnodd y Doctor, wrth ddringo i lawr o'r cerbyd.

'Dŷn ni ddim wedi cael gair gydag e, Doctor bach. Mae Sara a Elin yn ofnadw o ofidus, ydyn wir i chi. Fe fyddan nhw'n falch eich gweld chi nawr. Dewch!'

Aeth Tomos o flaen y Doctor yn frysiog am y tŷ.

'Dere â'r bag 'na,' gwaeddodd y Doctor dros ei ysgwydd wrth Huw. Clymodd hwnnw'r ferlen flewog wrth y glwyd, yna cydiodd yn y bag lledr o'r tu mewn i'r cerbyd ac aeth ar eu hôl am y tŷ.

Pan gyrhaeddodd, cafodd y drws yn gil-agored a cherddodd i mewn. Nid oedd enaid byw yn y gegin, ond deallodd oddi wrth sŵn sgidiau trwm ar y llofft, ble'r oedd pawb. Roedden nhw wrth wely Ifan. Rhaid ei fod yn wael iawn, meddyliodd.

Eisteddodd ar y sgiw o flaen y tân coed oedd bron â llosgi'n ddim. Aeth amser heibio. Yn awr ac yn y man gallai glywed sŵn siarad ar y llofft, yna sŵn traed a sŵn drws yn cau. Ond o'r diwedd clywodd sŵn traed yn dod i lawr y grisiau. Yna roedd Elin yn y gegin. Cododd o'r sgiw a mynd i'w chwrdd.

'Elin!' Roedd ei llygaid yn goch a'i gwefus yn crynu.

'Huw!' Yna roedd hi yn ei freichiau ac yn crio ar ei ysgwydd. Gwasgodd Huw hi at ei fynwes heb ddweud gair.

'O diolch i chi am ddod â'r Doctor, Huw,' meddai o'r diwedd. 'Eich mam – roedd yn ddrwg gen i glywed ei bod hi'n wael . . .'

'Beth am Ifan, Elin?' meddai.

Cododd ei phen hardd.

'Mae bwlet yn ei gorff e, Huw, ac mae e wedi colli lot o waed. Mae'r Doctor yn mynd i gael y bwlet ma's – fe fydd gobaith wedyn, medde fe. Mae e wedi'n hala i ma's o'r ystafell . . . mae e eisie'i fag, Huw.'

'Fe af fi ag e lan. Eisteddwch ar y sgiw fan hyn, Elin. Fe fydda i nôl ar unwaith.'

Gosododd hi i eistedd ar y sgiw, yna aeth am y grisiau.

Roedd drws ystafell Ifan ar agor, ac roedd tân braf yn cynnau ynddi. Aeth Huw i mewn. Ar y gwely gorweddai Ifan â'i lygaid ynghau. Roedd dillad y

146

gwely wedi eu tynnu yn ôl, a phlygai'r Doctor dros gorff Ifan, fel petai'n craffu'n fanwl ar y clwyf. Ar y gwely yr oedd clytiau o liain yn goch gan waed. Eisteddai Sara Jones wrth ymyl y gwely ar gadair â'i hwyneb rhychiog fel y galchen. Edrychai fel pe bai wedi bod yno drwy'r nos. Safai Tomos a'i gefn ar y wal yn gwylio'r Doctor.

'Dyma'r bag, Doctor,' meddai Huw yn ddistaw. Ni chododd y Doctor ei ben na dweud dim. Aeth Huw allan ac i lawr y grisiau.

Roedd Elin wedi rhoi coed ar y tân pan gyrhaeddodd y gegin. Eisteddodd Huw yn ei hymyl ar y sgiw.

'Wn i ddim a fydd y Doctor eisie help . . .' meddai.

'Na, mae Nhad gydag e – a Mam . . . mae hi'n pallu mynd ma's o'r stafell.' Yna gan droi i edrych arno'n dyner, dywedodd, 'Huw, wyddech chi beth oedden nhw'n ddweud amdanoch chi neithiwr pan ddaethon nhw â Ifan nôl?'

Ni ddywedodd Huw air, dim ond edrych arni.

'Roedden nhw'n dweud mai chi oedd wedi bradychu "Merched Beca" . . . dyna pam roedd y milwyr wedi dod . . . doeddech chi ddim gyda nhw neithiwr . . . rwy'n gwbod pam nawr, wrth gwrs . . . ond doedden nhw ddim yn gwbod. Roedden nhw'n meddwl eich bod chi wedi peidio mynd am eich bod chi'n gwbod y bydde'r milwyr 'na.'

'Oeddech chi'n meddwl hynny hefyd, Elin?'

Cydiodd yn ei law. 'O, maddeuwch i fi, Huw . . . roeddwn i wedi dechre ame . . . ond fydda i byth mwy, Huw, wir i chi. Roedd rhywun wedi'ch gweld chi yn y Plas . . . fe fuoch chi'n ca'l cinio 'na ddwedodd rhywun

. . . roedd rhyw ferch gyda chi . . . Jane Selby . . . medden nhw.'

'Mae'n wir fod Mam a finne wedi ca'l gwahoddiad i'r Plas i ginio ryw nosweth, Elin. Er mwyn i'r Cyrnol gael cyfle i holi i fi am "Ferched Beca" debyg iawn. Mae'n wir hefyd mod i wedi eistedd yn ymyl Jane Selby . . . ond dwy i ddim wedi bradychu neb, Elin. Fe fuodd hi'n galed arna i neithiwr. Fe fues i'n dadle â Mam – na mwy na hynny – yn ei herio hi . . . eisie ca'l mynd gyda'r cwmni . . . dyna pryd cafodd hi ei tharo'n wael, Elin . . . mae tipyn o'r bai arna i . . .'

'Na, Huw, peidiwch â beio'ch hunan.' Unwaith eto cydiodd yn ei law.

Yna cododd y ddau eu pennau'n ofnus oherwydd daeth ochenaid uchel o'r llofft. Bu'r ddau yn gwrando'n ddistaw wedyn am dipyn ond allen nhw ddim clywed dim ymhellach ond sŵn traed yn symud yn ôl a blaen yn ystafell Ifan.

Yna daeth Tomos Jones i lawr o'r llofft. Roedd e'n welw fel corff.

'Mae'r Doctor wedi symud y bwlet, bobol, a dyw'r gwaedu ddim wedi ail-ddechre. Mae e'n dweud fod gobaith iddo wella, ond y bydd e'n hir.'

Ymhen tipyn daeth y Doctor ei hun i lawr y grisiau i'r gegin. Roedd dafnau chwys ar ei dalcen ac olion gwaed ar ei ddwylo. Aeth i eistedd ar y sgiw gyferbyn â Huw ac Elin.

'Wel Tomos Jones,' meddai, 'mae'n hen bryd i'r fusnes "Beca" 'ma dod i ben – a'r mynd mas y nos 'ma, a phobol yn cael eu saethu. Beth sy'n digwydd i ni'r dyddie hyn?'

148

'Ydy e'n mynd i fod yn olreit, Doctor?' gofynnodd Elin.

Ysgydwodd y Doctor ei ben. 'Pe bawn i'n gallu dod i weld e bob dydd, i ofalu am y clwyf ofnadw 'na sy gydag e, rwy'n meddwl fod gobaith amdano fe. Ond mae'r milwyr 'ma oboutu'r lle . . . fedra i ddim dod 'ma heb dynnu eu sylw nhw. Maen nhw wedi bod yn holi bore 'ma . . . hyd yn oed yn dod lawr i'r Gwernydd i weld drostyn eu hunen. Mwy na thebyg y byddan nhw'n mynd o dŷ i dŷ nawr am ddiwrnode yn edrych am rywrai sy wedi ca'l eu clwyfo neithwr. Beth os dôn nhw 'ma? Os gwelan nhw fi'n dod 'ma, fe fyddan nhw'n gwbod . . . nawr beth ŷch chi'n ddweud am hynna?'

'Mae gen i chwaer – modryb Ifan – yn byw yn Aberporth . . .' meddai Tomos.

'Aberporth! Ydych chi'n meddwl y gallwn ni ei symud e mor bell ag Aberporth! Fe fydde wedi darfod rhwng ein dwylo ni ymhell cyn cyrraedd mor bell â hynny.'

'Wel?' meddai Elin, gan edrych o un i'r llall.

Bu distawrwydd yn y gegin a phawb yn meddwl ei feddyliau ei hun. Edrychodd y Doctor ar draws yr aelwyd ar y ddau a eisteddai ar y sgiw. Sylwodd am y tro cyntaf fod Elin yn cydio yn llaw Huw o hyd. Daeth hanner gwên dros ei wyneb barfog.

'A!' meddai.

Edrychodd y tri arall arno, gan ddisgwyl iddo fynd yn ei flaen. Ond bu rhaid iddyn nhw aros yn hir. Yna o'r diwedd, dywedodd, 'Ie. Mae 'na un ffordd, wrth gwrs.'

'Ydych chi wedi meddwl am ryw gynllun?' gofynnodd Tomos yn eiddgar.

'Do. Dim ond un ffordd sydd, dim ond un peth allwn ni neud.'

'Ie?' meddai Elin, gan ollwng ei gafael ar law Huw.

'Fe fydd rhaid ei symud e heno – yn ofalus dan gysgod nos – i . . . i'r Gwernydd.'

'I'r Gwernydd?' meddai Elin yn syn.

'Ie,' meddai'r Doctor, 'ydych chi ddim yn gweld? Fe alla i fynd i'r Gwernydd bob dydd heb i'r *soldiers* feddwl dim. Maen nhw'n gwbod fod mam Huw 'ma'n wael. A dyna un lle na fyddan nhw ddim yn debyg o'i archwilio 'to, oherwydd maen nhw newydd fod 'na. Os cawn ni Ifan dan yr un to â Mrs Parri, fe alla i drin y ddau . . .'

'Ond . . . ŷch chi'n meddwl y gall Mali dendio'r ddau . . ?' gofynnodd Huw.

'Na, mae dy fam yn ormod iddi . . . gyda'r holl waith ffarm. Fe fydd rhaid cael nyrs,' gwenodd eto, 'ac rwy'n awgrymu fod Elin 'ma 'n mynd bob dydd i ofalu am ei brawd. Fydde hynny ddim yn tynnu sylw neb, oherwydd mae angen nyrs yn y Gwernydd nawr, beth bynnag.'

'Wel, Doctor,' meddai Tomos Jones, 'mae'r cynllun yn un da iawn. Ond mae'n dibynnu ar Huw 'ma, wrth gwrs. Beth wyt ti'n ddweud, Huw? Mae'n beth mowr i ofyn . . .'

'Mae croeso i chi ddod â Ifan i'r Gwernydd, Tomos.'

'Da iawn,' meddai'r Doctor, 'ond cofia rhaid i fi dy rybuddio di y gelli di ddod i drwbwl . . . *harbouring a criminal* – mae'n deg i mi dy rybuddio di rwy'n meddwl. A beth am Mali? Ydy hi'n ddiogel? Fydd hi ddim yn cario clecs?'

'Mali! Na fydd – dim byth!'

'O'r gore te, fe awn ni mlaen â'r cynllun, ond Duw a'n helpo ni i gyd os daw'r Awdurdode i wbod.' Cododd y Doctor ar ei draed ac wedi rhoi cyfarwyddiadau manwl i Tomos Jones a Huw sut i gael y bachgen clwyfedig o Fryn Glas i'r Gwernydd, fe aeth ymaith, gan addo dod i weld y ddau glaf yn y Gwernydd bore trannoeth.

Yr oedd y cyfarwyddiadau a adawodd ynglŷn â chludo Ifan yn rhai manwl iawn. Roedd rhaid i Tomos Jones wneud rhyw fath o *stretcher* trwy hoelio neu rwymo blanced dros ddau ddarn o bren; byddai rhaid i Elin a'i mam ddal y *stretcher* wedyn tra byddai'r ddau ddyn yn codi Ifan yn dyner a gofalus o'i wely. A'r gorchymyn olaf oedd – i gerdded yn bwyllog ac yn ofalus a'r *stretcher* rhyngddyn nhw i lawr y rhiw i'r Gwernydd. Gallai unrhyw hergwd sydyn i Ifan yn ei gyflwr presennol fod yn ddigon iddo, oedd sylw ola'r Doctor cyn mynd.

*   *   *

Yr oedd yn hanner awr wedi un-ar-ddeg ar y cwmni bach yn cychwyn allan o Fryn Glas. Noson oer, dawel a'r awyr yn llawn o sêr, oedd hi. Yn y dwyrain roedd hen leuad dreuliedig yn hongian uwchben y mynyddoedd. Cariai Huw a Tomos y *stretcher*, a cherddai Elin a'i mam o bob tu iddo. Cerddai'r ddau ddyn yn bwyllog a gofalus i lawr y lôn anwastad. Gorweddai

Ifan o dan fwndwl trwchus o ddillad. Yn ystod y dydd roedd e wedi dod ato'i hunan ac wedi cymryd tipyn bach o gawl gan ei fam. Ond yn awr eto, roedd e'n anymwybodol, ac efallai mai da hynny, oherwydd mae'n siŵr fod pob cam a gymerai Huw a Tomos yn boenus i'r claf. Dim ond ei drwyn oedd yn y golwg, oherwydd roedd ei fam wedi gofalu lapio carthen wlân am y rhan uchaf o'i gorff i'w gadw rhag y gwynt main a'r llwydrew.

Fe ddaethon i waelod y lôn. Yn awr yr oedd rhaid mynd ar hyd y briffordd am dipyn cyn troi i lawr i lôn y Gwernydd. Dyma'r foment beryglus. Ond roedd y ffordd fawr yn wag yng ngolau'r lleuad, ac nid oedd sŵn dim yn unman.

Synnai Huw fod Ifan yn pwyso cyn lleied – fe allai fod wedi ei gario am filltiroedd heb flino dim, meddyliodd. Torrodd cri tylluan ar draws y distawrwydd. Un *iawn* y tro hwn, meddyliodd Huw! Tybiodd fod Ifan wedi symud ar y *stretcher* y funud honno, er na allai fod yn siŵr. Tybed a oedd cri'r dylluan wedi treiddio i lawr i'w is-ymwybod?

Yna cyrhaeddwyd pen y lôn oedd yn arwain i'r Gwernydd. Nid oedd neb wedi dweud yr un gair yr holl ffordd. Fe ddaethon i fuarth distaw'r ffarm. Rhoddodd Huw ei ben ef o'r *stretcher* i Sara ac aeth ymlaen i agor y drws. Roedd ef a Mali wedi paratoi gwely a stafell i Ifan ar y llofft yn ystod y prynhawn. Ond nid oedd sôn am Mali yn awr, oherwydd roedd Huw wedi rhoi gorchymyn iddi fynd i'r gwely i orffwys. Nid oedd dim newid wedi digwydd yng nghyflwr ei fam yn ystod y dydd.

Cynheuodd gannwyll a'i rhoi yn llaw Elin. Yna cydiodd eto ym mhen y *stretcher*, a chychwynnodd ef a Tomos ar eu ffordd i fyny'r grisiau. Aeth Elin o'u blaen i oleuo'r ffordd.

Yn araf ac yn ddistaw bach cafwyd Ifan i'r gwely. Edrychai'n wanllyd iawn ac mor wyn â'r galchen ar ôl y siwrnai. Roedd hi, yn amlwg, wedi bod yn straen ar ei gorff clwyfedig.

Erbyn hyn roedd hi'n hanner awr wedi deuddeg. Daeth Tomos a Huw i lawr i'r gegin gan adael y ddwy ddynes yn ystafell Ifan. Roedden nhw wedi cytuno fod y ddwy'n aros gydag ef drwy'r nos honno, rhag ofn y byddai'n dod ato'i hunan a methu deall ymhle roedd, a rhag ofn y byddai ei gyflwr yn gwaethygu ar ôl y siwrnai.

Aeth Huw allan gyda Tomos Jones i'r buarth.

'Wel, mi a' i nawr te,' meddai Tomos, 'wn i ddim sut galla i dalu nôl i chi am y gymwynas 'ma, Huw.'

'Peidiwch â son, Tomos Jones,' atebodd Huw, 'mae'n debyg y bydda i'n gofyn am gymwynas fwy o lawer gennych chi cyn bo hir iawn.'

'Wel . . .' dechreuodd Tomos. Yna aeth yn fud, wedi sylweddoli at beth yr oedd Huw'n cyfeirio. Aeth Huw yn ei flaen.

'Fe fydda i'n gofyn i chi am Elin . . .'

Rhoddodd Tomos Bryn Glas ei law ar ei ysgwydd.

'Merch ei thad yw Elin, Huw, ac mae gen i olwg fowr iawn arni . . . ond . . . y . . . ddymunwn i neb gwell iddi . . .'

Roedd cryndod yn llais y dyn mawr. Yna'n sydyn roedd e wedi troi a cherdded yn gyflym i fyny'r lôn.

*   *   *

153

Fe ddaeth Doctor Pritchard yn y bore bach trannoeth. Roedd ganddo lawer o newyddion cyffrous. Yn un peth roedd dau filwr wedi ei ddilyn hyd at ben y lôn i'r Gwernydd y bore hwnnw. Roedd e wedi clywed fod dwsin o filwyr yn mynd i aros yn y Pentre am dipyn o amser i gadw trefn ar bethau. Roedd pedwar yn aros yn y Delyn, dau yn y siop a'r lleill yn y Plas. Dywedodd fod cynnwrf mawr ymhob man. Nid gât Pen Ffin oedd yr unig un oedd wedi ei dryllio'r wythnos honno. Roedd gât lawr tua Hwlffordd yn rhywle wedi ei chwalu yn nyfnder nos, ac un arall rywle yn sir Gaerfyrddin. Roedd milwyr ym mhob pentre bron, ac roedd y rhai oedd yn Llangoed yn chwilio'r ffermydd yn brysur am ddynion wedi eu clwyfo yn y sgarmes wrth gât Pen Ffin.

Ar ôl cyflwyno'r newyddion hyn aeth y Doctor i'r llofft. Cafodd Ifan ar ddihun a'i fam a'i chwaer wrth ymyl ei wely o hyd.

'Wel, sut mae e heddi?' gofynnodd.

'Mae e wedi siarad gair â fi bore 'ma, Doctor,' meddai Sara.

'Ydy e'n gwbod ble mae e?'

'Ydy, Doctor,' meddai Elin, 'rwy' i wedi dweud wrtho fe.'

'O'r gore.' Eisteddodd ar y gwely ac edrychodd yn graff ar Ifan. 'Hym,' meddai, 'rwyt ti'n mynd i gneud hi, gwlei, fachgen. Rwyt ti'n lwcus, coelia di fi. Ac fe fydd eisie tipyn o lwc arnat ti 'to hefyd. Ond os gallwn ni gadw'r clwyf 'na'n lân nes bydd e'n dechre mendio . . .'

Aeth y Doctor ati wedyn i edrych ar y clwyf.

Sylwodd ei fod wedi gwaedu ychydig yn ystod y nos, neu yn fwy tebyg, yn ystod y siwrnai o Bryn Glas i'r Gwernydd.

Ar ôl gorffen ag Ifan, galwodd y Doctor ar Huw ac aeth y ddau i ystafell Ffranses Parri. Ond yr un oedd cyflwr honno. Fe allai Huw dyngu nad oedd hi wedi symud er pan welodd hi'r noson gynt. Ond pan eisteddodd ar y gadair yn ymyl y gwely a chydio yn ei llaw, teimlodd ei bysedd tenau yn tynhau am ei rai ef. Teimlodd lwmp yn ei wddf wrth weld ei fam mor analluog.

Pan ddaeth ef a'r Doctor allan o'r ystafell, dywedodd ei bod wedi gwasgu ei law.

'A!' meddai hwnnw, 'fe all hynna fod yn arwydd da, Huw. Er, cofia, fel y dwedes i o'r blaen, fe all unrhyw beth ddigwydd . . . wyt ti'n gweld, fe alla i helpu'r hogyn Ifan 'na, ond ychydig alla i neud dros dy fam.'

Aeth y Doctor wedyn, ar ôl rhoi gorchymyn ynglŷn â'r ddau glaf. Aeth Elin a'i mam hefyd yn ôl i Fryn Glas gan adael Ifan yng ngofal Huw a Mali. Yr oedd y ddwy wedi bod ar ddi-hun drwy'r nos ac yn teimlo'n flinedig iawn.

Ond yn hwyr y prynhawn hwnnw fe ddaeth Elin yn ôl. Yr oedd hi wedi cael rhai oriau o orffwys, ac roedd hi wedi trefnu â'i mam y byddai hi'n aros gydag Ifan tan rhyw ddeg o'r gloch ac yna byddai Sara'n dod i 'wylad' y claf yn ystod y nos.

Pennod 16

Yr oedd hi'n naw o'r gloch ac yn dywyll. Cerddai Sara Bryn Glas i lawr y lôn oedd yn arwain i'r Gwernydd. Pan ddaeth at fwlch y clos cafodd fod y glwyd ar agor. Gwelodd olau yn un o dai mas y Gwernydd, a meddyliodd mai Huw oedd yno yn edrych yr anifeiliaid a rhoi tipyn o fwyd o'u blaen cyn noswylio. Yna gwelodd ddrws y beudy'n agor a Huw'n dod allan a lamp stabal yn ei law. Gwelodd ef yn symud at ddrws y stablau. Ond cyn iddo gyrraedd hwnnw daeth pedwar siâp tywyll allan o'r cysgodion. Pan ddaethon nhw'n ddigon agos i'r lamp, gwelodd Sara eu bod yn gwisgo dillad merched. Safodd yn ddistaw wrth bost y glwyd.

Erbyn hyn roedd y pedwar wedi cau am Huw.

'Huw Parri,' meddai llais cryf cras, 'rydyn ni wedi galw amdanat ti. Mae "Rebeca" am gael gair â ti.'

'Gair â *fi*? Pam, beth sy'n bod?' Llais Huw.

'Mae Rebeca'n cynnal llys barn yn Felin y Ceunant heno i weld pwy fradychodd y "Merched" i'r milwyr. Mae hi wedi gofyn amdanat ti.'

'Fedra i ddim dod heno, ond rwy'n fodlon . . .'

'Rwyt ti'n dod heno, gwas,' meddai'r llais cras ar ei draws.

Clywodd Sara sŵn traed yn ysgythru'r ddaear. Syrthiodd y lamp i'r llawr. Roedd y pedwar wedi

156

cydio yn Huw. Dechreuodd hwnnw weiddi rhywbeth, ond cyn iddo gael gair o'i geg roedd rhywun wedi rhoi taw arno. Wedyn roedd sŵn traed yn dod tuag at fwlch y clos, a sylweddolodd Sara eu bod yn dod i'w chyfeiriad hi. Gwasgodd yn dynnach i gysgod y post mawr. Meddyliodd am foment y dylai hi geisio eu rhwystro rhag mynd â Huw, ond wedi clywed y siarad ar y clos funud ynghynt, gwyddai na fyddai hi naws gwell.

Aeth "Merched Beca" â'u carcharor heibio o fewn dwy droedfedd iddi, ac i fyny'r lôn tua'r briffordd. Cyn gynted ag yr aethon nhw yn ddigon pell rhedodd Sara i'r tŷ.

Roedd Elin a Mali yn y gegin.

'Elin,' meddai Sara'n wyllt, 'maen nhw wedi mynd â Huw!'

'Pwy sy wedi mynd ag e?' gofynnodd Elin yn syn.

'"Merched Beca". Maen nhw wedi mynd ag e lawr i Felin y Ceunant . . . i gael ei holi ynglŷn â'r fusnes wrth gât Pen Ffin . . . maen nhw'n ei ddrwgdybio fe. Rhaid i ti fynd adre ar unwaith, Elin. Dwed wrth dy dad am fynd gynted â gall e lawr i Felin y Ceunant . . .'

Cyn i'w mam orffen yn iawn roedd Elin yn mynd am y drws.

*   *   *

Nid oedd ond dwy gannwyll bŵl yn goleuo "Llys Barn" "Rebeca", yn hen Felin y Ceunant. Ond gwelodd Huw fod yno ryw bymtheg o'r "Merched" – i gyd wedi pardduo eu hwynebau ac wedi gwisgo dillad merched. Yr oedd Twm Carnabwth yno, yn eistedd yn ymyl "Rebeca" ar yr hen gist. Yn gylch o'u cwmpas eisteddai'r lleill – rhai ar y llawr a rhai ar hen focsis neu ar sachau. Tybed a oedd y Gof yno? meddyliodd Huw.

'Huw Parri,' meddai "Rebeca", 'mae yna le i gredu dy fod ti wedi bradychu dy gyfeillion i'r Sgweier neu i'r milwyr. Oherwydd hynny mae dau wedi cael eu dal a'u taflu i garchar Caerfyrddin ac mae un arall o leia wedi ca'l ei glwyfo'n dost. Wyt ti'n euog neu'n ddi-euog?'

'Yn ddi-euog,' atebodd Huw.

'Mae e'n dweud celwydd!' meddai llais o'r cylch. Fe geisiodd Huw ddyfalu llais pwy ydoedd, ond ni allai fod yn siŵr. Fe deimlai'n ddig wrth 'Rebeca' a phawb y funud honno. Roedd e wedi cael llond bol ar gael ei ddrwgdybio gan bobl.

'Fel y gweli di,' meddai Rebeca wedyn, heb godi ei lais, 'mae yna rai yma sy'n meddwl dy fod yn euog. Os wyt ti, fe fydd "Merched Beca" 'n rhoi'r gosb eitha . . .'

'Rwy i'n cael 'y nrwgdybio,' meddai Huw, 'am mod i'n perthyn i wraig y Sgweier.'

'Doeddet ti ddim allan gyda'r "Merched" nos Lun, er i ti gael dy alw.'

'Fe gafodd fy mam ei tharo'n wael . . . fedrwn i ddim ei gadael hi,' meddai Huw.

'Mae "Rebeca" yn disgwl i ni i gyd adael popeth pan fydd hi'n galw; dyna'r unig ffordd,' meddai Twm Carnabwth.

'Gofynnwch iddo fe sut amser gafodd e yn y ginio fowr yn y Plas nos Fawrth diwetha'!' gwaeddodd rhywun.

'Down i ddim eisie mynd . . . dim ond mynd er mwyn Mam wnes i,' atebodd Huw.

'Mam! Mam! Rwyt ti'n hoff iawn o roi'r bai ar dy fam on'd wyt ti?' gwaeddodd rhywun yn sbeitlyd. Yn sydyn collodd Huw ei dymer yn yfflon. Neidiodd at y 'ferch' oedd wedi gweiddi hyn. Cydiodd ynddo a'i godi ar ei draed. Ysgydwodd ef yn ffyrnig.

'Rwy i wedi cael digon! Wyt ti'n deall? Dwy i ddim yn mynd i ddiodde rhagor gan "Rebeca" na "Merched Beca". Rwy wedi cael digon ar weld eich wynebau duon chi a'ch dillad twp chi . . !'

Yna roedd nifer o "Ferched Beca" wedi cydio ynddo a'i daflu i'r llawr yn drwsgl.

'Mae e wedi dangos yn ddigon clir o'r diwedd!' meddai rhywun, 'mae e wedi dangos ei ochor nawr!'

'Gadewch i ni ei daflu e i bwll y rhod!' gwaeddodd rhywun arall. Gorweddai Huw ar y llawr yn edrych i fyny ar yr wynebau duon oedd yn gylch amdano.

'Bradwr!' meddai un ohonyn nhw, a phoeri ar ei wyneb. Fe geisiodd Huw godi, ond roedd esgidiau trymion yn ei wasgu i lawr. Yna clywodd lais mawr yn gweiddi.

'Beth sy'n mynd ymla'n 'ma?' Llais Tomos Bryn Glas. Yn awr safai'r dyn mawr ar ganol llawr yr hen felin yn edrych o'i gwmpas. Cododd Twm Carnabwth yn fygythiol o'i sedd ar yr hen gist. Am foment bu'r ddau ddyn mawr yn edrych ar ei gilydd.

'Nawr, nawr, gyfeillion,' meddai'r dyn a'i galwai ei hun yn 'Rebeca', 'rhaid i "Ferched Beca" beidio cweryla â'i gilydd.'

Trodd Tomos Jones ei ben ac edrychodd yn syn ar y siaradwr.

'Pam rŷch chi'n cyhuddo'r bachgen 'ma o fradychu "Rebeca"?' gofynnodd, 'gadewch e'n rhydd.'

'Na! Na!' gwaeddodd sawl un.

'Ond fe alla i brofi ei fod e'n ddi-euog!' gwaeddodd Tomos.

'O'r gore, profwch hynny nawr, ac fe gaiff e fynd yn rhydd,' meddai Rebeca. Disgynnodd tawelwch dros yr hen felin. Edrychodd Tomos Jones yn hir ar wyneb du 'Rebeca'. Yna dywedodd yn bwyllog, 'mae'r hyn sy gen i ddweud, i'ch clust chi yn unig syr – madam.'

'Beth? Na, na. Mae rhaid i bawb sy 'ma'n bresennol gael clywed beth bynnag sy gyda ti i ddweud o blaid y bachgen 'ma,' meddai "Rebeca".

Edrychai Twm Carnabwth o un i'r llall. Erbyn hyn roedd Huw wedi llwyddo i godi ar ei draed. Ond roedd "Merched Beca" o'i gwmpas yn dynn.

'Os dweda i'r hyn sy gen i i ddweud yng nghlyw pawb, fe fydda i'n bradychu cyfrinach rhywun arall,' meddai Tomos. 'Os byddwch chi cystal â dod ma's gyda fi am funud . . .'

Cododd "Rebeca" ar ei draed. 'Rhag i ni wneud cam â'r bachgen 'ma, mi ddo i gyda ti,' meddai.

Aeth y ddau allan i'r tywyllwch, lle roedd sŵn y dŵr yn rhuthro trwy waelod y ceunant yn eglur.

'Wel?' meddai Rebeca yn ddiamynedd.

'Fe wyddoch fod gen i fab wedi'i glwyfo'n ddrwg wrth gât Pen Ffin?' gofynnodd Tomos.

'Roeddwn i wedi clywed, Tomos Jones. Gobeithio fod e ar wellâd, a gobeithio y gallwch chi ei guddio fe . . .'

'Trwy help y bachgen 'na mewn fanna, sy'n ca'l ei gyhuddo o fod yn fradwr, mae Ifan yn ddiogel, ac rwy'n meddwl y gellir achub ei fywyd e.' Yna adroddodd y cyfan o'r hanes wrth Rebeca. Pan ddaeth i ben â'r stori i gyd, dywedodd, 'Nid bradwr yw bachgen sy'n barod i neud 'na dros bobol eraill.'

'O'r gore, Tomos Jones, rŷch chi wedi fy argyhoeddi i fod y dyn ifanc yn ddi-euog. Ond rhaid i chi ddweud yr hanes 'ma o flaen y "llys" . . .'

'Na,' meddai Tomos yn bendant. 'Fe all y bradwr – a does 'na ddim dadl nad oes yna fradwr – fe all fod mewn yn y felin y funud 'ma, ac fe all bywyd Ifan 'y mab fod mewn perygl os dweda i yr hanes mewn fanna. Fe all y bradwr, os yw e yma gyda ni, fynd yn syth at y milwyr neu at y Sgweier. Na, rhaid cadw'r gyfrinach 'ma rhyngoch chi a fi.'

'Ond dwy i ddim yn hoffi cadw cyfrinachau oddi wrth y gweddill o'r "Merched". Mae hynny'n gneud iddyn nhw feddwl nad oes gen i ddim ffydd ynddyn nhw.'

'Mae 'na un gyfrinach rŷch chi wedi gadw i chi'ch hunan ar hyd yr amser, *Mr Williams*,' meddai Tomos.

Aeth Rebeca gam sydyn yn ôl oddi wrtho. Clywodd Tomos ef yn tynnu anadl gyfym.

'Rwyt ti wedi nabod fy llais i!' meddai.

'Do, syr, ond na hidiwch, fe fydd eich cyfrinach chi'n ddiogel am byth gen i. Mae arna' i ormod o ddyled i chi i'ch bradychu chi byth.'

Rhoddodd "Rebeca" law ar ysgwydd y ffermwr.

'Gad i ni fynd nôl at y cwmni,' meddai, 'fe gytunwn ni i gadw cyfrinachau'n gilydd, Tomos Jones.'

Nôl yn y felin, dywedodd Rebeca.

'"Ferched Beca", rwy i wedi clywed digon gan Tomos Jones 'ma i brofi nad y bachgen 'ma yw'r un sy wedi'n bradychu ni. Peidiwch gofyn i fi heno ail-adrodd yr hyn rwy i newydd glywed gan Tomos. Ond rwy'n addo y cewch chi glywed y cyfan . . .'

'Pam na chawn ni wbod heno?' gwaeddodd rhywun.

'Wel,' meddai Rebeca, 'rhaid i chi gofio – os nad Huw Parry yw'r bradwr – mae e'n rhywun arall, waeth mae yna fradwr yn ddigon siŵr – a phwy a ŵyr nad yw e yma gyda ni yn y felin . . ?'

'Na!' Aeth yr un gair fel ochenaid trwy'r hen felin.

'Does dim eisie dweud rhagor,' meddai "Rebeca", 'y peth gorau fedrwn ni neud nawr yw dwyn y "llys barn" 'ma i ben am y tro. Mae gwaith "Merched Beca" 'n mynd yn ei flaen yn foddhaol iawn. Mae saith gât wedi eu chwalu erbyn hyn, ac fe fydd rhagor, wrth gwrs, nes bydd y cyfan wedi diflannu. Diolch i chi i gyd am eich rhan chi yn y gwaith. Mae'n bosib na fydd dim galw arnoch chi 'to am dipyn. Fe fydd gwaith "Merched Beca" 'n symud i ardaloedd eraill, ac i siroedd eraill, ac fe fydd "Merched" gwahanol yn cael eu galw i gymryd rhan. Ond peidiwch anghofio fod yna fradwr yn eich mysg chi. Byddwch yn wyliadwrus a cheisiwch ddarganfod pwy yw e, oherwydd bydd ein gwaith ni, a "Merched Beca" ymhob man mewn perygl nes down ni o hyd iddo. A nawr gadewch i ni wahanu. Nos da bawb!'

Torrodd siarad gwyllt allan ar ôl iddo orffen, a chododd y "Merched" ar eu traed. Yna roedden nhw'n mynd am y drws, gan ddal i siarad. Cyn bo hir nid oedd ond "Rebeca", Twm Carnabwth, Huw a Tomos Jones ac un arall ar ôl. Roedd wyneb yr un arall hwnnw wedi ei bardduo, a gwisgai het aflêr wedi ei thynnu dros ei lygaid. Ni allai ei ffrind gorau ei adnabod.

'Wel, Tomos Jones, Huw Parri,' meddai Rebeca, 'rhaid i ni eich gadael chi nawr, mae'n mynd yn hwyr. Gobeithio daw popeth yn iawn gyda chi'ch dou.'

Ar ôl iddyn nhw fynd closiodd y dyn â'r het aflêr at Tomos a Huw. 'Tomos Jones,' meddai, 'wyt ti'n 'y nabod i?'

'Ydw'n iawn,' atebodd Tomos ar unwaith. 'Ben Cwmbychan wyt ti. Neu llais Ben sy gyda ti beth bynnag.'

'Ie. Tomos, rwyt ti'n 'y nabod i . . . dyw Huw 'ma ddim yn 'y nabod i cystal . . .'

'Wel, be' sy'n dy flino di, Ben?' gofynnodd Tomos.

'Mae 'na rywbeth yn pwyso ar 'y meddwl i, Tomos. Fedra i ddim cysgu heno os na alla i ddweud wrth rywun . . .'

'Fe fedri di ddweud wrthon ni, Ben. Fyddwn ni ddim yn ailadrodd dim wrth neb.'

'Na fyddwch chi wir?'

'Na fyddwn, Ben, wrth gwrs na fyddwn ni,' atebodd Tomos eto.

''Y ngwraig i sy'n gyfrifol.' Rhuthrodd y geiriau hyn dros wefusau Ben.

'Yn gyfrifol am beth?' gofynnodd Huw.

'Hi aeth at y sgweier i ddweud y bydden ni'n mynd i Ben Ffin. Fu fuodd Cyrnol Lewis a'r Stiward 'co un diwrnod. Roedden ni heb dalu'r rhent, Tomos . . . mae wedi bod yn amser caled ar y wraig . . . a'r holl blant bach . . . Fe gynigodd y Sgweier . . . fe gynigodd yr hen ddiawl, Tomos . . .'

Yn sydyn roedd ffermwr garw Cwmbychan yn crio'n chwerw. Gwelodd Huw ei ysgwyddau'n crynu. Rhoddodd Tomos Jones ei law fawr ar ei war.

'Rwy'n gallu deall, Ben. Paid â dweud dim rhagor, does dim eisie. Y blydi tlodi 'ma, Ben . . . mae'r Sgweier yn gallu'n prynu ni am ein bod ni mor dlawd.'

'Fe addawodd anghofio'r rhent, ac fe roddodd arian yn ei llaw hi. Roedd e wedi bygwth y bydden ni'n ca'l ein troi mas o Gwmbychan cyn Nadolig . . . mae'r wraig wedi gweld amser caled, Tomos . . . a'r holl blant 'co . . .' meddai eto.

Gwasgodd Tomos Jones ef at ei fynwes.

'Gad i ni fynd tua thre nawr, Ben,' meddai'n dawel.

'Down i ddim yn mynd i adel iddyn nhw dowlu Huw 'ma i bwll y rhod, cofia. Fe fu'swn i wedi cyfadde nghynt oni bai fod ofan Twm Carnabwth arna i . . .'

'Wrth gwrs, Ben. Gad i ni fynd nawr. Fe ddaw pethe'n well cyn bo hir, gei di weld.'

* * *

Do, fe ddaeth pethau'n well hefyd. Fe ddaeth Ifan Bryn Glas yn well yn fuan iawn – mor fuan yn wir, nes synnu hyd yn oed y Doctor.

Yn araf iawn, iawn y daeth Ffranses Parri dros y strôc a gafodd y noson honno pan chwalwyd gât Pen Ffin. Drwy'r gaeaf hwnnw bu'n orweddiog yn ei gwely. Ond fe wellodd yn ddigon da erbyn diwedd y gwanwyn canlynol, i allu dod i lawr i'r gadair siglo wrth dân cegin y Gwernydd. Erbyn hynny roedd hi wedi dod i weld gwerth gwraig ifanc, newydd ei mab, oedd mor ofalus ohoni, ac mor llawen a diwyd o gwmpas y lle bob amser.

Chafodd Ffranses ddim mynd byth wedyn i giniawa i'r Plas gyda'r Gwŷr Bonheddig a arferai gyfrif cymaint yn ei bywyd. Ond fe gafodd fyw'n ddigon hir i weld ei hŵyr bach yn chwarae o gwmpas ei thraed ar aelwyd y Gwernydd.

Ar ddiwrnod priodas Huw ac Elin fe wellodd pethau ar y ferlen fach honno a brynodd Huw yn ffair Calangaeaf hefyd, oherwydd fe gafodd ddod gyda'r wraig ifanc o'r tir mynyddig sâl i dir brasach fferm y Gwernydd.

Gydag amser hefyd, fe ddaeth pethau'n well ar ffermwyr a thyddynwyr tlawd sir Benfro. Fe ddiddymwyd y tollbyrth yn llwyr, a gallai "Merched Beca" gysgu'n esmwyth yn eu gwelyau unwaith eto, heb orfod clustfeinio am "Gri'r Dylluan" yn nyfnder nos.